講談社文庫

掟上今日子の婚姻届

西尾維新

JN041463

講談社

掟上《おきてがみ》今日子《きょうこ》の婚姻届《こんいんとどけ》

序章　掟上今日子の講演会

「初めまして。探偵の掟上《おきてがみ》今日子《きょうこ》です」

壇上《だんじょう》にあがった白髪《はくはつ》の女性は、そう言って深々と頭を下げた。一点の曇《くも》りもない、息を飲むほど見事な総白髪《そうしらが》である。

「二十五歳。置手紙探偵事務所の所長です」

顔を起こしてからも、彼女――今日子さんは自己紹介を続けた。

会場に集まっているオーディエンスは、もちろん彼女の話を聞くために集まっているのだから、僕を含め、そんなプロフィールをまさか知らないわけがないのだけれど、一応、そこは段取りなのだろう。

あるいは、僕達聴衆のためと言うよりも、自分自身のために、彼女はそうやって、己の『設定』を読み上げているのかもしれない。

なぜなら。

「私は忘却探偵。眠るたびに記憶がリセットされます」

そう。

今日子さんには、今日しかない。

夜、床《とこ》につき、朝、目覚めたときには、昨日の出来事を綺麗《きれい》さっぱり喪失している

――探偵としてどんな依頼を受けたのか、どんな事件を捜査して、どんな推理をおこない、どんな解決に導いたのか、完全に忘れてしまう。

一点の曇りもなく忘れてしまう。

履歴が一切、削除されるのだ。

それは、すなわち。

「すなわち、私は探偵として遵守《じゅんしゅ》すべき守秘義務を、誰よりも尊重できる探偵だということです――そういった理由で、ご贔屓《ひいき》いただけているようですよ」

覚えてませんけれど。

と、冗談っぽく付け加えた今日子さんだったが、しかし、その言葉はまるっきり真実なのだった――僕もこれまで何度となく、恐らくはこの会場にいる誰よりも、置手紙探偵事務所のお世話になっている者だけれど、しかし、彼女はそれらの事件のことはもちろん、常連の依頼人である僕のことさえも、まったく記憶していない。

何度会っても『初めまして』だ。

それを寂しいと思う気持ちがないわけではないが、しかし、そうあるべきなのだろう

とも思う——忘却探偵の看板には、如何《いか》なる例外もあるべきではないのだ。僕であろうと、誰であろうと。

「そんなわけで、本日、この会場にお集まりの皆さんは、ひょっとすると私がこれまでに担当してきた摩訶不思議な事件について、詳細を聞けるのではないかと期待していたかもしれませんけれど、あいにくながら、それはできかねます。たぶん私よりも、皆さんのほうがずっと詳しいくらいでしょう」

今日子さんが肩をすくめると、会場はどっとわいた——もちろん、そんな期待をしていた人も皆無ではないだろうが、それはもう、忘却探偵だと知って講演を聞きに来ている以上、言わずもがなの先刻承知というものだ。

彼女にとっては自分がこれまで解決してきた事件が摩訶不思議だったかどうかさえ、定かではないのである。

ならば何を聞きに来たのかと言えば、彼ら彼女らは、そして僕は、聞きに来たというよりは、見に来たのである——『掟上今日子』という、風変わりな探偵を。

摩訶不思議な探偵を。

だから、極論、彼女がどんな話をしようがまったく構わない、なんにしたって望むところというスタンスなのだった——まあ、講演会なんて、多かれ少なかれそういう性格を持つものだし、そこは今日子さんのほうも心得ている。

ゆえに、記憶が継続しないにもかかわらず、同じ服を二度着ているところを誰も見たことがないと言われるほどのドレッサーである今日子さんの本日のファッションは、自身が職業探偵であることをこれでもかとばかりに強調するようなそれだった――さすがに鹿撃《しかう》ち帽《ぼう》をかぶってはいないものの、インバネスコート風の上着は、世界一有名なあの探偵を想起させるものである。

見せ物になるのも仕事のうちと割り切っているのだろう――それこそ、可愛らしい外見からは想像もつかない、見上げた商魂である。

現在職探し中の僕からすれば、見習うべき商魂と言うべきか。

いや本当、見習わなくては。

ともあれ、だからと言って、壇上で黙ってポーズを取るのが忘却探偵の今回の仕事というわけではない――撮影会ではなく講演会なのだから。

今日子さんは、

「なので、今日は私自身の話をさせていただきたいと思います。当然、私が覚えている範囲においてのことですが。主催者のかたに訊《き》いたところ、掟上今日子という探偵が講演会をするのは、これが初めてとのことですので、『おいおい今日子さん、勘弁してくれ、その話は前に聞いたよ！』みたいなことはないと思いますから、ご安心を」

と続けた。

ん、と僕は身構《みがま》える。

探偵としての守秘義務と、忘却探偵としての記憶喪失体質に基づき、事件のことを記憶していない今日子さんが、はてさていったい何を話すつもりなのだろうと、そうは言いつつも気を揉《も》んでいたけれど、これはもしかしたら、僕も聞いたことがないような、貴重なエピソードが聞けそうだ。

自己紹介の、まさかの続き、とでも言うのだろうか。

講演会も初めてだが、今日子さん自身が今日子さんを語る機会というのも、僕が知る限り空前絶後である。

どういう気紛れなのだろう。

むろん常連である僕とて、今日子さんの探偵活動の、すべてを把握しているわけではないのだけれど。

「まずは大前提ですが、もしかすると会場内には、『一日しか記憶の持たない探偵に、ちゃんと事件を解決できるの？』と、至極ごもっともな疑問をお持ちのかたもおられるかもしれませんので、その疑問符を取り除いておきましょう。そんな誤解はこれからの仕事にかかわってきますからね。私は忘却探偵と呼ばれると同時に、最速の探偵との過褒《かほう》もいただいております——入り口で受け取っていただいた名刺に書いてあったでしょう？『あなたのお悩みを一日で解決します！』——もっとも、これはいささか誇大広告であり、解決できなかった事件も、きっとあることでしょうけれど」

　まあ都合の悪いことは忘れてしまいましょう、と、今日子さんは遠目にもはっきりわかるような、悪戯《いたずら》っぽい笑みを浮かべた――会場からは拍手さえ起きた。

　聴衆を完全に味方につけている。

　こうなったら何を言っても受けそうな空気だ。

　さすがは名探偵。解決編でなくっても、演説はお手の物ということらしい――とても初めてとは思えない、いい意味でふてぶてしい舞台度胸《どきょう》である。

　厚かましいまでのふてぶてしさもまた、忘却探偵の看板とも言えるが。

「最速の探偵にして忘却探偵。もちろんのこと、これは必要条件と言いますか、車の両輪と言いますか、最速の探偵でなければ、忘却探偵であることは不可能なのですけれどね。最速の探偵であることが、私を忘却探偵たらしめているわけです」

　言って彼女は、会場を見渡すようにした。

　千人くらいは入れそうなホールが、ほぼ満席である――大した集客力だ。宣伝がよかったというのもあるだろうが、やはり、知る人ぞ知る忘却探偵を一目見たいという趣味人が、思いの外《ほか》いるようである。

　開場三時間前に駆けつけた、僕が言えた筋合いでもないけれど。

「最速を維持できなくなってしまったときが、私が探偵を引退するときなのでしょう

——まあ、そのあとは、週三で講演会をして、生きていくことにしましょうか」

言って、今日子さんは視線を正面に戻す。

僕を見たのかと思ったけれど、当然、気のせいだろう。今日の僕は聴衆のひとりに過ぎない。

ちなみに、世の中には講演会で食っている講演探偵なんてのもいるので、今日子さんの軽口は、必ずしも現実味に欠けているわけではない——ここまでの弁舌を見る限り、その資質はありそうだし。

「しかしながら、そう聞いた皆さんの胸の内には、次なる疑問がわいてくるはずです。『頭の回転が速いのは、まあわかったとも。探偵を名乗る以上は当然のことだしね。だけれど、一日ごとに記憶がリセットされると言うのなら、つまり、めまぐるしく変化する時代から、常に置き去りにされるということにならないかい？　そんな有様《ありさま》で現代の、高度に複雑化された犯罪に対処できるのかね？』——当然の心配と言えます。実際、私も朝、目覚めるたびに、そう思います。今の私は、過去からタイムスリップしてきた、浦島太郎さんみたいなものなのでは？」

今日子さんがいったん言葉を切った——聴衆は黙って、次の言葉を待つ。

実際、『忘却探偵』について、そこまで掘り下げて考えていた聴衆が、どれだけいるのかはわからなかったし、逆に、彼女に何度も世話になっている僕のような人間からすれば、そんなのは的外れな、無用の心配でしかなかったが、その点について、今日子さん自身がどのようにとらえているのかは、興味深かった。

今日子さんは自分のことをどう思っているのだろう。

自然、身を乗り出してしまう。

「けれど」

と、今日子さんは演説を再開する。

間の取りかたがいちいち巧妙だ。

「いざ、朝の身支度《みじたく》を整えながら、現代社会について書籍やテレビジョン、インターネットなどで学んでみれば、自分が時代に置き去りになんてされていないことに、私は気付きます。すぐにね。まあ、なんとかやっていけそうだ。やってやれなくはなさそうだ。むしろ、こんな忘れっぽい私だからこそ、できることもありそうだ。私にしかできないことがありそうだ。じゃあ試しにいっちょうやってみましょうか。そんな風に思えます――積み重なった記憶がないということは、その分、脳のリソースを思考に割《さ》くことができるという意味であり、思い出がないということは、背負った荷物が少ないということであり、過去を持たないということは、先入観や経験則から自由でいられるのだと気付いてしまえば、むしろちょっとしたズルをしている気分にもなれますね」

ズルというのはいささか諧謔《かいぎゃく》的な言いかただが、それが忘却探偵の、隠れた売りであることは確かなのだった——言われてみれば、そして今日子さんの活躍を目の当たりにしてきた僕に言わせれば、もっとも際《きわ》だっているのは、彼女がそれらの事実に対して、極めて自覚的だという点だとも思う。

自覚的に、積極的に、ズルをしている。

推理の途上で思考がこんがらがってきたり、事件の関係者にうっかり感情移入し過ぎたときには、一回眠ってリセットする——そんなテレビゲームみたいな手法を、彼女は選択できるのだ。

ただ、講演を聞いている全員が、その答に納得したわけでもなさそうである——そう言ったメリットはそりゃあ認めるにしても、やはり、記憶を失うというのは、トータルでは大きなデメリットであるようにしか思えないのだろう。

記憶とは、いわば自分自身なのだから。

最速の探偵は、己と引き換えに真相に辿《たど》り着いているようなものだ。

僕だって、記憶よりも思考速度を優先するような今日子さんの言うことが、完全に理解できているわけではない。

そんな会場内の空気の変化を敏感に感じ取ったらしい今日子さんは、

「ちなみに、私の記憶は毎朝、十七歳のときまでさかのぼります——つまり、私の有する知識や常識は、十七歳の時点、およそ八年前の時点でストップしています」

と、そう言った。

これには会場はどよめく——僕も思わず「えっ」と声を出してしまった。立ち上がりそうになったくらいだ。

我ながら、無理もない。今日子さんの記憶が、いったいどこで止まっているのかというのは、いわゆる『企業秘密』に属する部分だと、てっきり思っていたからだ。噂《うわさ》ですら聞いたことがない。間違いなく、会場の誰もが初耳だろう。それがはっきりと明示されたことには、驚きを禁じ得ない。

十七歳。

その年齢のときに、彼女の身に——あるいは脳に、何かあったのだろうか？

印象的な出来事が——あるいは抽象的な出来事が。

……とは言え、今日子さんが今、本当のことを言ったとは限らない。冷や水を浴びせるようなことを言ってしまえば、彼女はなにも、真実のみを話しますと宣誓《せんせい》した上で壇上にあがったというわけではないのだ——さっきから聞いていると、今日子さんはリップサービスも講演のうちだと、割り切っているを通り越して、開き直っているような節もある。

実際には、さかのぼるのは二十歳のときまでなのかもしれないし、二十三歳なのかも、十八歳なのかもしれない——三歳ということさえあるかもしれない。

だいたい、実のところ、何歳までさかのぼろうと、大差はないのだと、言えなくもない――それは、なぜなら。

「ただし、十七歳まで記憶がリセットされるからと言って、朝起きたときに、私がぴちぴちの十七歳の気分で目覚めるのかと言えば、そういうことではありません――いつまでも若やいでいられたら最高なのですが、しかし、二十五歳までの八年分の空白は、ちゃんと感じられます」

記憶喪失にもいろんなタイプがあるのだろうけれど、今日子さんの『忘却』は、そういう種類のものらしい――いや、それだって、あくまでリップサービスで言っているだけかもしれないが。

「八年分の空白。浦島太郎さんみたいに、三百年ものブランクがあれば、さすがに私も平気ではいられないでしょうけれど、この程度であれば、何の支障もありませんよね。ある意味、面白味もありません」

なるほど、そういう言いかたをすれば、そういう風にも聞こえる――ただ、これは巧みな話術に誤魔化《ごまか》されている気もする。

浦島太郎の三百年と比べられたら、相対的に大した空白ではないようにも思えるけれど、しかし、八年と言えば相当の期間だ。しかもその期間は、これから一日ごとに長くなっていく一方なのである。

むろん、医学の進歩によっては、いつか治療の目処《めど》が立つ可能性もあるけれど――その進歩から置き去りにされるのが、忘却探偵の宿命なのだ。

置き去りこそが、彼女の本質とも言える。

「置き去りにはされません」

今日子さんは繰り返した。

溌剌《はつらつ》とした笑顔で繰り返した。

「むろん、この八年という数字も、非常に曖昧《あいまい》で繊細なものです――デリケート過ぎて、逆にいい加減で適当でさえあります。皆さんが十七歳の頃を思い出そうと言うときに、記憶がぼんやりしていたり、あるいは思い出が美化されたりしているのと同じ程度に、私の『昨日』の記憶にも、あやふやな部分があります。あちこち穴だらけで、イメージに任せるしかない箇所にあふれています。空白分の距離があるのですから、当然ですが。今日しかない私にとっては、昨日という日も、どんどん遠くなっていくものなのです」

記憶の上書きがなされない分、遠くの『昨日』も障害物なく見通せはするのだろうけれど、しかし、日ごとに遠く離れていくことも、また事実なのか――真偽はともかく、初めて聞く話に、僕はすっかり引き込まれていた。

嘘か誠かは、この際どうでもいい。

「電話であるはずのスマートフォンの進化には目を見張るものがあり、自動車はその名の通りに自動運転ができるようになり、音楽は楽器を使わずともコンピューターで、ボーカルまでも演奏が可能となりました——今朝読んだ新聞によれば、重力波なんてものまで観測できるようになったとか。なるほど、めまぐるしい。ちかちかしますね。だけれど、やっぱりついていけないというほどではありません。なぜなら、それらの『未来』は、すべて『過去』に、くっきりと予想されていたものだからです」

と、今日子さん。

「重力波の存在を、アインシュタイン博士が百年前に予言していたように、携帯電話の普及も、自動運転の自動車も、機械による音楽の演奏も、SF小説で描かれていた世界観から、なんら逸脱するものではありません。現代をリアルタイムに生きる皆さんのほうが、むしろ世界はここ数年で一変したように感じられているかもしれませんが、しかし、あくまでもそれらは連続であり、継続でしかないのです——世界は過去からの延長線上にあり、だからこそ、対応は可能です」

それだけでは、まさしく『現代人』である僕達には受け入れがたかろうと思ったのか、今日子さんは、古代の洞窟《どうくつ》には『最近の若い者はなっていない』と、今と変わらず若年者を嘆《なげ》くような文章が書かれていたとか、集合知のような概念は既にプラトンが唱えていたとか、奴隷《どれい》制度が当たり前だった時代にもそれに反対していた人権派はいたとか、そんなわかりやすい例をいくつかあげてくれた。

行き届いている。

置き去りにされないと言う彼女は、聴衆を置き去りにしない。

「歴史は繰り返す。八年どころか三百年どころか、数万年単位で考えたところで、人間のやることには、実は大きな違いはありません――犯罪もそのひとつであり、だからこそ、時代遅れの忘却探偵が活躍する余地もあるわけです。とある小説家いわく、『人間が想像しうることは、すべて現実の世界でも起こり得る』そうです――これは、世界が秘めたる無限の可能性と多様性を言い表す言葉として知られていますけれど、しかし意地悪く、逆向きに読み解くこともできそうですね。すなわち、『人間の想像力なんて、その程度のものだ』という風に――」

くすくす笑いながら言う今日子さんにつられて、会場にも和やかな空気が流れたけれど、しかし、考えてみればこれは、忘却探偵から『現代人』に対する、かなり辛辣《しんらつ》な批評でもあり、無惨な皮肉でもあった。

痛烈である。

僕は思い浮かべる。

朝、目覚めて、記憶の空白を意識した今日子さんが、『現代』であり『未来』の知見に触れたとき、そのあまりの『変わらなさ』っぷりに、がっかりするさまを。

人類はまだこんな段階か。

世界は想像力の内側か。

そんな神様のごとき失望と共に、今日という一日を迎える忘却探偵の姿を――いや、これぞまさしく、想像力の貧困さだ。

僕という人間が探偵に向いていない証左である。

実際には今日子さんは、スマートフォンの機能性にはしゃいでいたり、人権意識の向上に感心していたりもする――その日その日のテンションにもよるのだろうけれど、基本的にはこれは、講演用にあえて極端なことを言っているだけなのだろう。

エンターテイメントな発言だ。

むろん、人は変わらないと思っているのも、また真実なのだろう。そうでなければ、探偵業は成り立たない。

技術が進歩しようと、時代が変化しようと、人間は人間だと確信したときに、彼女は確信するに違いない――探偵として今日を生きうることを。

掟上今日子が探偵であることを。

「犯罪の動機も、ありかたも、大きな変化はありません――ハウダニットもワイダニットも、昔ながらの手法で、十分通用します。古典の名作が決して古びないように。ミステリーのトリックは出尽くしたと、遥《はる》か昔から言われておりますけれど、出尽くしたのではなく、美しい定石としてパターン化されているというほうが、正しいように私には思えます――どんな犯罪も、結局は人間のやることなのですから」

誰もが何かの類例であり、類型である。

類型であり、累計である。

個性という幻想を重んじる社会においては、認めにくい説ではあるのだろうけれど、そんな社会も、また繰り返されるパターンでしかないのだろう。

多様性という凡庸。

誰もが、『どうして自分だけがこんな目に』と思いながら犯罪の被害者になったり、犯罪の加害者になったりする――けれど、それはうんざりするほどありふれた出来事なのだ。ありがちな事件なのだ。

振り返ってみれば、『あるある』で済まされてしまう、統計の一例に過ぎない――サンプルとしての悲劇だ。

少年犯罪は、年々増えているように体感できるが、実際には減少の一途を辿っているとか、そういうのにも似た話なのか。

「もしかしたら皆さんも、いつの日か、私と似たような記憶喪失体質になることがあるかもしれません。私という珍しくもないパターンが現に生じている以上、そういうことがないとは言えないでしょう。『ないない』と思うかもしれませんが、『あるある』です。なので、ここで老婆心ながら、未知のテクノロジーや未知の知見に対して、接するときのコツをお教えしましょう――もしものときには、参考にしてください。このアドバイスを覚えていられたらですが……」

そう前置きをしてから、今日子さんは言う。それは、記憶喪失になったとき以外にも、参考になりそうな助言だった。

「未知、あるいは未発見の出来事に接したとき、人は少なからずパニックになります――パターンから外れた変化を、人は嫌うからです。恐怖心や警戒心が、好奇心に勝ってしまいます。新奇や新機軸は、平和や安定を乱す危険信号。『何が起こるかわからない』という状況は、わくわくよりもぶるぶるを喚起させるものなのです――ですので、こう考えてください。未知を未来ととらえるのではなく、過去の出来事なのだと思い込んでください――今朝の私は、そうしました」

未知を未来ではなく、過去としてとらえる。

人類や社会がパターン化しているという仮説に基づくならば、なるほど、未来と過去は、理論上、同じである――来年の二月と今年の二月と去年の二月は、すべて二月であることに変わりはない。

「歴史学者になったつもりで未知に接すれば、そう怖がることはないと、気持ちをリセットできるはずです――記憶ではなく気持ちをね。未来の秘密道具ではなくロストテクノロジーやオーパーツとして接すれば、スマートフォンの操作は、はっきり言って楽勝でした。まあ実際に、本日から見ればどんな優れた技術も過去のものですから、あながち無茶苦茶な発想というわけではないでしょう」

パニックに陥《おちい》ったとき、『こんなことは、昔にもあった』と考えることは、冷静になるために適切な方策だろうと、僕も思う。

ヒーロー然として言うならば、『なあに、いつものことさ』だろうか——そうやって気持ちを落ち着かせれば、それだけで落着とはいかずとも、少なくともさし当たりの対処くらいはできるはずだ。

未知が既知と酷消《こくしょう》していると前提すれば、恐れは消える。

ただし、同時に畏敬《いけい》も消えるだろう。

記憶以上に失われるものも多い。

それはそれで好奇心を削《そ》ぐ後ろ向きな姿勢であるとも言える——つまりは職業探偵ならではのハウトゥである。今日子さんが、『魅力的な謎《なぞ》を解きたい』という探求心から動くタイプの名探偵ではないという、これはひとつの証拠なのかもしれない——いや、証拠というより、断固とした根拠か。

目覚めた直後に、未知に対する好奇心を制御する儀式を、毎朝のようにおこなっているからこそ、彼女は忘却探偵たりえているのか。

今日子さんは毎朝アジャストする——記憶と時間を。

リセットであり、セットなのだ。

言われてみれば、捜査中などのイレギュラーなタイミングで眠ってしまったとき（あるいは意図的に眠ってしまったとき）の今日子さんは、ややその言動に危なっかしい傾向があるようにも思える——あれは、そういったイニシエーションを経ていないからというのもありそうだ。

そのときはそのときで、危なっかしいなりに、瞠目《どうもく》に値する推理力を発揮するわけだから、好奇心を制御しない状態でも、あるいは好奇心を制御しない状態のほうが、彼女は探偵に向いているのかもしれないけれど。

つくづく天職なのだろう。

守秘義務のことも含めて、そう思う。

初めは（言うまでもなく、僕にとっての『初め』だ）とてもそんな風には思えなかったけれど、今となっては、探偵でない今日子さんなんて、想像もできない。

「探偵は私にとって天職です」

またも今日子さんは、僕の胸のうちを見抜いたようなことを言う——もちろん、聴衆の一般的な感想に合わせて話を進めているというだけのことだろう。

「そうは言っても、当然ながら、こんな綱渡りをいつまでもできるとは、私も思っていません――いくら記憶がリセットされようと、身体は歳を取りますからね。先程、老婆心ながらと言いましたけれど、いずれはこの総白髪が、あつらえたように似合うようにもなるでしょう」

今日子さんは言って、自分の白髪をかき上げるようにした――似合うというなら、既に似合っているのだが。

「頭脳労働も肉体労働の一種である以上、かような思考の速度を、いつまでも保ち続けることができるとは思えません――最速の探偵でなくなれば、忘却探偵は成立しない。どんなアスリートもいつかは勇退するときが来るように。のみならず、この体質を思えば、最終的に、私は福祉のお世話を受けることになるでしょう。なればこそ、パフォーマンスを全力で発揮できる今日のうちに、できる限りの社会貢献をさせていただきたく思います。世界をよりよくするために、及ばずながら、探偵活動という形で、協力させてもらいたいのです」

なんだかいいことを言っている。

この会場に詰めかけているディレッタントの何割が、とても穏やかそうで、しとやかでにこやかな今日子さんの金銭への執着、もとい、お金にきっちりしている性格を知っているのかは定かではないけれど（これはそれなりに有名な話だ）、彼女にはそんな殊勝《しゅしょう》な気持ちもあるのだろうか。

労働意欲の裏側に、社会貢献の意図。

てっきり、このゲリラライブ的な講演会も、主催者から支払われる講演料が破格だったから引き受けたに違いないと僕は決めつけていたけれど、そういった道徳的なモチベーションも、ひょっとしたらあったとなると、印象がまったく変わってくる。

確かに、探偵という職業の質を考えるなら、目立っていいことなんてないはずだ――探偵とは潜む者であって、このように注目の集まる場に立つことは、基本的には百害あって一利なしなのである。

ただ、一利なくとも、一理あるのだとすれば、こうしてステージに上がることは、毎日のように記憶がリセットされ、社会との繋《つな》がりが断絶している今日子さんなりの、奉仕活動なのかもしれない。

「明日のない私にとっては、未来へのささやかな投資と言えますがね――もちろん、探偵活動は慈善事業ではありませんし、純粋な人助けでもありません。推理小説に登場する名探偵のように、私のことを英雄のごとくとらえているかたがおられるようであれば、その誤解も、今日のうちになんとしても解いておきたいですね。私は計算と打算で動く、推理機械です――しかも、メモリー機能のない、ね。そんな旧型の計算機の話を聞きにきてくださった皆さんに、一回こっきり、その場限りの名探偵として、心からの感謝を表明したいと思います。ありがとうございました」

そこで再び、今日子さんは白髪頭を深々と下げた――会場全体から万雷の拍手が、澎《ほう》湃《はい》として起こる。

旧型の計算機とはよく言ったものだと、僕も追随するように、音を立てて手を叩《たた》く――謙虚な物言いでありつつも、しかし決して卑屈ではない。そして何より、生活に密着している。あとは、お金の計算には付き物だという点も、今日子さんをよく表しているように思える――その点を今日子さんが、意識して言ったのかどうかはわからないけれど。

なんにせよ、そこで掟上今日子の講演会、その前半は終了し、ここからは後半の質疑応答タイムに突入する――名うての探偵相手に『質問』するという、事件に巻き込まれでもしない限りはそうそうない貴重な機会だけれど、しかしそれだけにみんな気後れしてしまうようで、互いに様子見するように、なかなか手があがらない。

聴衆同士で牽制し合ってどうするのだ。

せっかく盛り上がった場が、ここで白けてしまってもなんなので、思い切って僕は挙手した――僕は背が高いほうなので（もう少し正直に言うと『やたらでかいほうなので』）、手をあげれば、すぐに発見される。

「はい。では、そこの格好いいヘアスタイルのかた」

今日子さんから髪型を褒められたのは初めてだった――まあ、事件の渦中《かちゅう》ではそんな機会もなかろうが。それだけでも本日の講演会に来た甲斐《かい》があったというものだが。

しかし、あてられてみたものの、何を訊けばいいのか。

こういう形の『初めまして』は初めてなので、できれば今日しか訊けないことを訊いてみたいものだけれど。

「えっと……、今日子さんは、毎日の服装を、どのようにコーディネートされているのですか？」

社交辞令であることはわかっているが、髪型を褒められたことに引っ張られて、こんな軽い内容の質問になってしまった――ミーハーだと思われてしまいかねない。

ただ、記憶がリセットされる彼女のファッションセンスが、どうして時代遅れにならないのかというのは、実のところ決して無視できない大いなる謎である。

同じ服を二度着たことがないというのは、さすがにいささか大袈裟《おおげさ》な噂であるにしても――少なくとも、今日の着こなしやメイクだって、八年前のものではない。最先端のセンスと言っていい。

幸い、僕の発したミーハーな質問は、会場のなごやかな雰囲気にはあっていたようで、ひとやま越えて落ち着きかけていた会場が、再びわいた――受けてどうする、という話でもあるが。

「いい質問ですね」

と、今日子さんは頷《うなず》いて、インバネスコート風の上着を脱ぎ、くるりとその場で回転した。

そしてランウェイを行き来するように、舞台の上を右から左、左から右へと移動する――やや過剰なサービスだとも思うが、僕がヘアスタイルを褒められて舞い上がってしまったように、ファッションについて訊かれたのが、意外と嬉《うれ》しかったのかもしれない。

嬉しがってくれたのなら、僕も嬉しい。

マイクの前に戻った今日子さんは、

「私のファッションセンスが天性のものだからだとお答えしたいところですが」

と、喋《しゃべ》り始める。

「種明かしをしてしまうと、単純なことです。私の記憶はリセットされますが、クローゼットの中身がリセットされるわけではありませんからね。一日に一着以上お洋服を買って、クローゼットの内容を日々絶え間なく更新していけば、センスが古びることはありません。あとはまあ、『ファッション　最新　モデル』で検索ですかね」

そんな答でひと笑いとったあと、

「すると私の画像が大量に出てくるので、そのファッションとかぶらないよう避ければ、本日のコーディネートの完成です」

と、とぼけたような二段落ちで、僕に向けてウインクする今日子さん。

依頼人として向き合うよりも聴衆のひとりとして対峙するほうが、距離はあるとは言え親しげにしてもらえるというのは、なんだか複雑だったが、とにかく、一番槍《やり》としての役目は果たしたと判断して、僕は、

「ありがとうございました」

と、着席する。

まあ、なんともそつがないと言うか、納得しやすい答ではあったけれど、それだけでは説明のつかない点も多々あるので、忘却探偵のファッションセンスの真相については、やはりまだまだ謎に包まれていると見るべきか……。

なんにせよ、僕の挙手が呼び水となって、あちこちでまばらに手があがりはじめた。

「はい。では、そこの格好いいヘアスタイルのかた」

どうやらそういうネタだったらしく、今日子さんは次の質問者を、僕のときと同じ表現で指名した――前振りに使われてしまった。

舞い上がった自分を恥じている僕をよそに、次なる格好いいヘアスタイルのかたは、

「解決した事件のことを完全に忘れてしまうというのは、確かに守秘義務を重んじる探偵として理想的のようにも思えますが、しかし、真犯人として指摘され、おかした罪を暴かれた人から、逆恨みされたりはしないんですか？」

と、質問した。

僕とは打って変わって、シリアスな質問である――同じ格好いいヘアスタイルの質問者として、ますます恥ずかしい。

「いい質問ですね」

それも毎回言うらしかった。

ファンには分け隔てなく公平に接するスタンスなのかもしれない。

「当然ながら、それは想定されるリスクです。私の記憶は眠るたびにリセットされますので、誰からどんな風に恨まれているのか、予想することはまったくできません――でも、そんなの、誰だってそうじゃありませんか？　自分が誰からどんな風に恨まれているか、憎まれているか、嫌われているか――嫌がられているか、完全に把握できているというかたがいるなら、挙手願います」

もちろん、ここでは誰も手をあげなかった。

そりゃそうだ。

それがわかっているなら、この社会で事件なんてそもそも起きないと言うことでもあるだろうし。

「法執行機関に属しているわけでもないのに犯罪事案に首を突っ込んでいる時点で、逆恨みされる覚悟はできています――ひょっとすると、それは逆恨みではないかもしれませんし。ただし、だからと言って、無防備に構えて、されるがままに甘んじて復讐《ふくしゅう》を受けようというほど、私は潔くもなれませんから、最低限の自衛は心がけております。ご存知のかたはご存知かとも思いますが、我が置手紙探偵事務所は、要塞《ようさい》のようなビルの中に応接室を構えていますし、頼れる警備員さんも雇っているようですしね」

掟上ビルディングの堅牢《けんろう》っぷりは僕も知るところだったが、警備員を雇っているというのは、寡聞《かぶん》にして知らなかった。

ボディガードのようなものだろうか。

だとすると、そのボディガードが、この会場内に、こっそり潜んでいるということもありうる。なにかと挙動不審な僕が、既に目を付けられている可能性もある。そう思うとますます挙動不審になってしまう。

「まあ、人から恨まれるというのはどう考えてもあまり気分のいいものではありませんので、その脅威を忘れられるという記憶力は、どちらかと言えばメリットのほうに、私は数えています」

ジョークっぽく言っているが、嫌われることや嫌がられることを恐れずに、ノンストレスで関係者から事情聴取できる忘却探偵は、それゆえに仕事が速いと解釈することもできるので、プラスマイナスではプラスだという認識は、あながち間違っていないのだろう――やや刹那《せつな》的な考えかたでもあるが、それも真理だ。

果たして納得できたかどうかはわからないけれど、質問者は、

「ありがとうございました」

と、着席した——途端、勢いづいたのか、今度は一気に、たくさんの手があがる。中には両手をあげているお調子者もいるようだ——そういう人は何を訊いてくるかわからないという読みなのか、今日子さんは比較的控えめに、ちょこんと手をあげていた、子連れのご婦人を指名した。

「はい、そこの格好いいヘアスタイルのかた」

という例の指名の方法は、もはや鉄板のごとく受けていた——あるいは、ここで受けたくて、あえて格好いいと言うよりは可愛らしい髪型の女性を指名したのかもしれない。

「今日子さんは、十七歳の頃から、記憶が積み重ならないということでしたけれど、それ以前のお知り合いのかたから、その後の八年の空白期間について、聞いたりはしないのですか？」

「いい質問ですね」

と、今日子さんは受ける——結構プライバシーに踏み込んだ質問なのに、即答である。

むしろ質問者に気を遣ったのかもしれない。

「その質問に答える前に……、私の言いかたが紛らわしかったせいで勘違いされているかたもいるようですので、ここで訂正させていただきますと、記憶の空白のスタートは、確かに八年前の十七歳の頃ですが、私の記憶が積み重ならなくなったのは、そんなに昔のことではありません——厳密に言えば、私は段階を踏んで、記憶喪失になっているということなのでしょうね。数年前、事故にあったのか事件に遭遇したのか、それともそういう病に罹患《りかん》したのか、ともかく十七歳まで記憶のテープが巻き戻り——そして、それから記憶がリセットされるようになったというわけです」

少しややこしい。

ひょっとすると、わざとややこしい言いかたをしているのかもしれない——『数年前』とぼかしていることと言い、プライバシーと言うより、それこそ、『企業秘密』の領域なのだろうか。

決して明かせない、謎の領域。

不明ではなく、昏迷の。

「なので、十七歳の頃の私と今の私は、決して継続的ではありません。当時の私を知る人間と連絡を取ることは可能でしょうが、あまり意味があるとは思えませんね——一日という限られた時間を、『自分探し』に使うつもりはありませんので」

きっぱりと言い切る態度は、探偵としてはスタイリッシュなものだろう——だからこそ、無理矢理まとめられてしまった感もある。

はぐらかされたと言うか、煙《けむ》に巻かれたと言うか。

たとえ、記憶喪失が段階を踏んでいるのだとしても、そして今日子さんからアプローチしなくとも、当時の友人や、あるいは家族のほうから接触があってもよさそうなものだが……。

「社会貢献で手一杯と言うわけです。とは言え、完全に過去と断絶しているというわけでもないらしいですよ？　警察庁の結構上のほうに、私の高校時代の同級生がいるとかいないとか、そんな噂を、先程楽屋で聞きました——だからこそ置手紙探偵事務所は、警察からご贔屓にしていただいているのだとか……、その噂が本当だったらお礼を申し上げたいところですが、残念ながら、真偽を確認するだけの時間的余裕はなさそうですね」

と、今日子さんは会場内の時計を見た。

既に講演終了予定時刻を過ぎている——最速の探偵としてはそろそろ締めてしまいたいところだろうが、やっていることが質疑応答では、強引に終わらせてしまうわけにもいかないようで、「では、あとふたりほど。格好いいヘアスタイルのかたはいらっしゃいますか？　自分の髪型だっていけてるはずだと思うかたがいらしたら、どうか遠慮なく」と、更なる質問を受け付けた。

「もしも明日起きたとき、記憶がリセットされていなかったとしたら、何かやってみたいことはありますか？」

次の質問者は、格好いいヘアスタイルの、大学生風の男の子だったけれど、これは若干、デリカシーに欠ける質問のように思えた。悪気はないのだろうが、事情があって歩けない人に、『もしも全力で走れたらどうする？』と訊いているのに近い。

しかし今日子さんは変わらず、「いい質問ですね」と前置きしてから、

「やってみたいのは、二度寝です」

と答えた。

「今朝もそうでしたし、たぶん毎朝そうなんだと思うんですけれど、目が覚めてから、やることがとにかく多いですからね——自己を認識し、時代を学習し、仕事を受け付ける。立てこんでいます。言うならば、必然的な朝活をおこなっているわけですが、これを毎日やってるんだと思うと、ちょっぴりうんざりしますので。だから、明日の朝、記憶がリセットされていなければ、きっと私は朝寝坊をすることでしょう」

応対によっては変な空気になりかねなかった質問を、論点をズラすことでユーモアでかわした形だったけれど、しかし、深読みすれば、これもまた考えさせられてしまう回答でもあった。

裏を返せば忘却探偵には、朝寝坊はもちろん、うたた寝や仮眠、昼寝さえも許されな

いということになるのだから——春眠暁《あかつき》を覚えずなんて、今日子さんにはまったく無縁の言葉なのである。

　まあ、今日子さんの言葉からどういう感想を持つかは人それぞれとしても、それが最後の質問にならなくてよかった。雰囲気が微妙になることは避けられたものの、盛り上がりに欠ける終わりかたになっていたことは間違いないだろう。

「それでは、最後の質問をお願いします——そちらの、一番格好いいヘアスタイルのかた」

『一番格好いい』と、そう指名されたのは、ロングヘアの女性だった。僕の席からは後ろ姿しか見えないけれど、それは社交辞令でもお世辞でもなく、美麗な黒髪だった——人生で一度も髪を染めたことがないんじゃないかというような、完全なる黒さである。

「不躾《ぶしつけ》な質問かもしれませんが」

　なんて、危なげな切り出しかただったので、僕は反射的に身構えてしまったけれど（潜んでいるかもしれないボディガードならともかく、僕が身構えたところで何にもならないのだが）、最後の質問者である彼女が続けたのは、こんな問いかけだった。

「わたしは、同じような男の人ばかり好きになって、それで同じような失敗をすることが多いんです。これも、今日子さんが言うところの、パターン化なんでしょうか？　それとも、わたしが懲《こ》りもせずに、似たような男性ばかり好きになるのは、前に会った出来事を忘れてしまっているからなんでしょうか」

忘却探偵への質問というよりは、人生相談のような内容だった——言いながら、質問者の彼女もそれに気付いたのか、

「今日子さんは、どんな男性を好きになりますか？　好きになったことを忘れても、翌日、また同じ人を好きになるんでしょうか——それとも、記憶がリセットされるごとに、違う人を好きになるんでしょうか」

と、半ば強引に、今日子さんに関する質問へと修正した。

後ろ姿ではわからないけれど、声から判断すると、質問者の女性は僕と同じくらいの年齢らしい——つまり、今日子さんとも同世代だ。

まあ、切り出しかたは怖かったし、出だしで若干ごちゃついたけれど、最終的には、トリを飾るのにいい質問になったようでもある。

忘却探偵の恋愛観。

気にならないと言えば嘘《うそ》になるだろう。

これを男性が訊いていたらあざとかっただろうが、女性が訊く分には、ナチュラルだ——果たして、今日子さんはなんと答えるのか。

まあ、本日の流れを見ていると、とても真面目に答えてくれるとは思えないけれど、それでも、今日子さんがどんな風にはぐらかすのかにも、興味をそそられずにはいられ

ない――聴衆の大半が、同じ気持ちではないだろうか。

「いけない質問ですね」

と、今日子さんは呆《あき》れたように両手を広げた。

そう思ったからそう言ったのか、それとも、最初から、ラストはそんな変化球で締めるつもりにしていたのか、その意図するところはわからない。

「あなたの男性遍歴についてはコメントを出す立場にありませんし、私の男性遍歴についてもまた、コメントのしようがありません――同じような人ばかり好きになっていても、日毎に違う人を好きになっていても、それ自体、私には記憶できないのですから。独り身であることは確かなようですけれどね――なので、一般論でもって、回答に代えさせていただきます」

それは八年前の一般論だろうか。

それとも今日学んだ一般論だろうか。

それとも、人類がずっと、繰り返してきた一般論だろうか。

「あなたがパターンを踏襲《とうしゅう》しているにしても、それとも過去の失敗に懲りることなく、忘れて同じような人を好きになっているにしても――記憶がリセットされるたびに私が同じような人を好きになろうとも、記憶がリセットされるたびに私が違う人を好きになろうとも、そんなのはどちらでも大して変わりません。なぜなら」

忘却探偵は言った。

頑《かたく》なまでに、朗らかな笑顔で。

「男なんて、どいつもこいつもみんな一緒ですから」

第一話　隠館厄介、取材を受ける

1

今日子さんの講演会を拝聴しに行ってから、およそ一ヵ月が過ぎたが、僕は変わらず無職の体たらくで、求職中のありさまだった。名探偵の多様な働きっぷりを見せてもらったというのに、なんとも情けない話である。

知性はともかく、多様性は持ちたいものだ。

とは言え、僕の名誉のために釈明させてもらうと（そもそも僕に名誉なんてものはないけれど、それはさておき）、この一ヵ月の間、ずっと無職だったわけではない。僕にも動きはあった。

講演会の直後、僕はとある信用金庫の事務員として採用されたのだった――そして意気揚々と採用された直後に、息も絶え絶えにクビになった。

そして現在に至るのである。

クビになった原因は、例によって例のごとくの、身に覚えのない冤罪《えんざい》という奴だ――毎度お馴染みと言う他ない。いや、信用金庫というお金を管理する職場であるという時点で、既に息苦しいほど嫌な予感はしていたのだけれど、僕に職業選択の自由なんてあるわけもなかった。雇ってもらえるだけでありがたいと思うべきであり、実際、本心からそう思っていたのだが、やはりと言うべきかまさかと言うべきか、研修の段階で早くも、業務上横領の疑いが降りかかってきた。

幸い、否、不幸中の幸い、こういう場合の対処は心得ている。よくよく心得ている。『なあに、いつものことさ』である。冤罪ヒーローであるこの僕は、我を失って僕を責め立てる上司に「探偵を呼ばせてください」と宣言して、携帯電話に登録してある探偵リストから、適切な『名探偵』に依頼の電話をかけた。

今日子さんではない。

それはどう考えても一日で解決できるたぐいの事件ではなかったし、また、信用金庫のような貨幣の集まる場所に、『お金の奴隷』を自任する彼女を呼ぶことが適切とは、とても思えなかったからだ――不適切極まる。なので依頼したのは、銀行関係の事件を専門とする、通称・貸借《たいしゃく》探偵の夢藤《むとう》さんだった。

優秀な探偵なのだが、その分、値段もお高い。

ざっくり、今日子さんの三倍くらいが相場なのだけれど、しかし、罪状が業務上横領となると、そんな不名誉な濡《ぬ》れ衣《ぎぬ》は一刻も早く脱いでしまいたかった——これもまた、背に腹は替えられない。

既に終わった事件なので結論だけ言うと……、依頼料が高いだけあって、貸借探偵は僕の冤罪をちゃんと晴らしてはくれたのだけれど、真犯人として罪が暴かれたのが、職場のアイドル的存在の行員だったため、僕の居づらさは倍増し（犯人と目されていたときよりもむしろ、僕への風当たりが強くなった——ご存知の通り、人間の感情は単純じゃない）、結局、自主退職をすることになった。

一身上の都合である。

口止め料にも似た退職金は、そのまま右から左に貸借探偵に流れてしまったので、何度目になるかわからない僕の『職場体験』は、収支とんとんで終わったということになる——さすがは貸借探偵と言ったところか。

左右が吊り合う、見事なバランスシートだった。

なので、この一ヵ月を総括すると、『いっときやる気を出してあくせく働きはしてみたものの、結果としては家で毎日寝ているのと、大して変わらなかった』ということになる——なんともかとも、やるせない。

まあ、厳密に言うと、とんとんではない。

一ヵ月間、僕も生きてはいなければいけなかったわけで、だから当然、生活費というものが生じてくる。

その分マイナスだ。

生きているだけでマイナスとは、なんて人生なのだろう。

これでは死んでるほうが効率がいいということになりかねない。

そんなバランスシートがあってたまるか。

悲観的になっても仕方ないが、収入のアテがないときに、貯蓄ががりがり削られていくのは、精神的につらいものがある——そんなブルーなタイミングだったからこそ、僕は、舞い込んできたその『取材』を、受ける気になったのだ。

2

本人は忘れているにしても、今日子さんの忘却探偵としての目覚ましい活躍を思えば、彼女に講演会の依頼が行くことは、驚くにはあたらない（驚いたが）。

だが、名探偵でもなければ、目覚ましい活躍もしていない、言うならば何者でもない僕に取材の依頼があるというのは、驚くと言うよりも面食らう出来事だった——誰かと間違えているんじゃないかと思ったけれど、隠館厄介《かくしだてやくすけ》なんて名前の、身長百九十センチを越える大男が、他にいるとも思えない。

ひょっとして、僕が忘却探偵の『常連』であることを嗅《か》ぎつけた記者が、周辺取材を申し込んで来たんだろうかといぶかしんだが、そうではなく（何度確認してもそうではなく）、あくまでも僕個人をメインとした取材なのだと言う。

僕を主軸に据えた聞き取りなど、意味がわからなくて混乱する一方だったが、詳しく聞いてみると、それはあっさりと納得できる取材意図だった——今日子さんの常連客だからという発想は、当たらずといえども遠からずだったのだ。

ただし、取材依頼があったのは、厳密には、忘却探偵及び、あらゆる名探偵の『常連』としての、隠館厄介だった。

もっと言えば、『常連』の『依頼者』としての隠館厄介ではなく、『常連』の『冤罪者』としての隠館厄介を、是非《ぜひ》ともインタビューしたいとのことらしい。

冤罪ヒーロー、隠館厄介。

ははーんなるほど、身に覚えのない罪をかぶせられ続けた厄介くんの半生を面白おかしくまとめてくれようという算段だったのかと、僕はその申し入れを、『いつものこと』ならぬ『恒例のあれ』として整理しようとしたのだが、しかし、更に更に詳しく聞いてみると、記事になるのは現在、ネット媒体で展開している新進気鋭の報道系雑誌で、特集のテーマは『なぜ冤罪は起こるのか、どうすれば防げるのか』という、びっくりするほど正統派で、おじけづくほど社会派なそれだった。

雑誌名も『堅実な歩み』と来ている――笑いなんてひとつもなさそうな響きである。面白おかしくない。

それはともかく、正直なところ、普通ならば即決即断で断るたぐいの申し込みだったが、断りにくい理由がふたつあった。

ひとつは、取材の申し込みを仲介してくれたのが、友人である紺藤《こんどう》さんだったこと。

もうひとつは、先述した通り、直近一ヵ月の収支がマイナスだったこと。取材に協力することで謝礼が出るのであれば、そんなありがたい話はない。

大袈裟でなく大真面目に、生きるか死ぬかの瀬戸際なのだ。生死が問われている。

当然、クビになったばかりで、誰かに話を聞いてほしいという気持ちもあった。

そして、あえて言うなら、今日子さんが講演会で語った、『社会貢献』という言葉が頭に残っていた――今日子さんの頭にはもう残っていないにしても、しがない僕のような男が語る、どうしようもないような体験談が、少しでも世の中をよくするかもしれないのであれば、誰かの救いになるかもしれないのであれば、たまにはそういうのもいいんじゃないかと思ったというのもあった。

社会正義を語れるほどの倫理感は僕にはないが、たまには人の役に立つのもいいだろう。

今日子さんのようなファッションセンスはないにしても、僕の濡れ衣の着こなしを、世に知らしめることに、意味があるというのなら。

そんなわけで、匿名《とくめい》を条件に、僕は『堅実な歩み』からの取材を受けることにしたのだった——それがどんな結果を生むかなんて、深く考えることもなく。

まったく、ほとほと、らしくないことはするべきじゃない。

3

「初めまして。囲井都市子《かこいとしこ》です」

取材当日、そんな風に挨拶《あいさつ》されて、僕は既視感を覚えた——待ち合わせ場所の喫茶店に、時間通りに現れたジャーナリストに、以前どこかで会った気がしたのだ。

忘却探偵でもあるまいし、相手が『初めまして』と言っている以上、間違いなく初めましてのはずなのだが——ん、忘却探偵？

それで連想できた。

そうだ、この人とは——囲井さんとは、今日子さんの講演会で会ったのだ。

いや、正確には会っていない。僕は彼女の後ろ姿を見ただけだ。

後ろ髪を見ただけだ。

講演会後半の質疑応答の際、最後に質問したのが、囲井さんだったのだ——そのとき、顔を見たわけではないけれど、黒髪のロングヘアは、とにかく印象的だった。

格好いいヘアスタイル——である。

もちろん、確信は持てない。

あくまで後ろの席から見ただけだし、それも一ヵ月前の記憶だし、当然ながら、身なりもそのときとは違う——あの日の『彼女』はカジュアルなファッションだったが、今日の彼女は、いかにもジャーナリスト然とした、ぱりっとした服装だった。

ただ、

「なにぶん若輩者《じゃくはいもの》ですので、至らぬところもあるかとは思いますが、今日はよろしくお願いします、隠館さん」

と、はきはき喋る彼女の声は、やはり、あのときの質問者と同一のものであるように思えた——とは言え。

「初めまして。こちらこそ、よろしくお願いします」

僕はそう返した。

ここで、『いえ、以前どこどこでお会いしましたよね。ほら、あのときの僕ですよ僕』と言っても、話が弾むとも思えない——逆に、気持ち悪がられるかもしれない。確信があるわけじゃないし、そのときだって会話をしたわけじゃないのだから、向こうが覚えていないというのなら、ここは『初対面』で通すのが正解だ。

しかし、もしもあのときの質問者が囲井さんだったとして、じゃあ、あの講演会にも記者として、出席していたのだろうか？

ひょっとすると、やはり彼女の、記者としての本命は今日子さんであり、常連の僕を通じて忘却探偵の内面に切り込もうとしているのでは——なんて邪推も、再び首をもたげてきたけれど、まあ、たぶんそんなことはないなと思えた。

服装は会場の空気に合わせていたのだとしても、もしも仕事で今日子さんの講演会に出席していたのなら、あのとき、もうちょっと、忘却探偵の真に迫るような質問をしていたはずだ——ミーハーにもファッションについて訊いた僕には人のことは言えないけれど、自身の恋愛相談まで持ちかけた囲井さんが、仕事であの場にいたとは思えない。

あれはこの人のプライベートだったのだろう。

プライベートであり、プライバシー。

だったらより、そのことについては触れないほうがいい——きりっとした表情で、これから真面目なテーマでインタビューアを務めようとしている囲井さんのやる気を、無駄にかき乱すようなことはしたくない。

恋愛相談を、それも、『男性遍歴で失敗を繰り返している』なんて内容の恋愛相談を、聞かれていたなんて知って、まるで動揺することなく、その後の仕事を変わらない姿勢でできるとは思えない。

インタビューアに対するインタビューイに徹するべきだ。

「？　どうかされましたか？」

「あ、いえ、緊張してまして。こんな取材を受けるのは、滅多《めった》にないことですから」

不思議そうに首を傾《かし》げる囲井さんに、僕はそう誤魔化しつつ、飲み物を注文した――そんな答に納得したのかどうかはわからないけれど、囲井さんは「そうですか。わたしも緊張しています」と言いつつ、ＩＣレコーダーをテーブルの上に置いたり、ノートパソコンを広げたりと、てきぱきと取材の準備を進める。

いかにもできる女性という感じだ。

一昔前なら、ハンサムウーマンと言ったところか――いや、そんな古めかしい表現は、記憶が積み重ならない今日子さんでも使わないか。

今日子さんとはタイプが違うようだけれど、仕事に対する姿勢は、好感が持てる。

滅多にないことだと言ったが、僕もこれまでいろいろあったから、取材を受けること自体は初めてではない。しかし、訊かれる内容が内容だけに、あまりいい気分で終えることはないのだが――だから緊張しているというのは嘘ではない――、どうやら今日はそんな心配をしなくてもよさそうだ。

僕が余計なことを言わなければだが……。

「隠館さんは、これまでに多くの冤罪事件に巻き込まれているということですが、まずはそのことにつきまして、どのように考えておられますか？」

　二人分の飲み物が運ばれてきたところで、早速、囲井さんが切り出した——テーブルの上に彼女が用意したＩＣレコーダーは二台。自分の声を録る分と、僕の声を録る分をわけている——そのほうが、文章に起こすときに便利なのか。段取りの良さは今日子さんばりだ。

　ノートパソコン上では、速記者よろしく、要点を書き留めるつもりらしい。一言一句聞き逃すまいという彼女の姿勢に、僕は圧倒され、緊張を通り越して気後れしてしまう。

　申し訳ないが、そんな身を乗り出されるほどに大したことは話せないと思う——確かに僕は普通ではありえないような経験を積んでいるかもしれないけれど、それで何かを学んでいるかと言えば、そんなことはないのだ。

　そのたびごとにあたふたしている。

　あわあわして、泡を喰っている。

　学びもせず、懲りもせず、同じパターンを繰り返しているだけ……ああ、そういうことを話せばいいのだろうか？

　パターンだ。

「これまで僕が経験してきた冤罪には、およそみっつのパターンがあります。ひとつ目は、いわれなく、理由も根拠もなく、先入観や偏見でもって疑われるパターン。ふたつ目は、証拠や状況から、犯人は僕しかいないと見込まれるパターン。みっつ目は、真犯人から罪をなすりつけられるパターン――冤罪と言うからには、ふたつ目の『疑われてもしょうがない』ケースや、みっつ目の、『疑われるように仕組まれた』ケースが多いように思われるかもしれませんけれど、大半を占めるのは、実はひとつ目のパターンでした」

「つまり、いわれなく疑われるというケースですか？」

囲井さんからの、小気味いい合いの手に、僕は「はい。そうです」と頷く――なんとなく、こういう場合わけの講釈は、今日子さんの謎解きシーンみたいだと思いながら。

どうやら僕も、何も学んでいないわけではなさそうだ。

囲井さんが今日子さんのファンだと言うなら、そのほうが、僕の言いたいことが伝わりやすいだろうという計算が、決してあったわけではないのだが。

「だから、『どう思うか』という感想を訊かれると、『わけがわからない』というのが、正直なところです――どうしてみんなが僕を疑うのか、僕自身にとってはてんでさっぱり、意味不明なんです。それだけに混乱してしまって、戸惑《とまど》ってしまって、そんな挙動不審な態度が、ますます疑惑を増幅させたりして」

信用金庫で、業務上横領の疑いをかけられたときのことを思い出す――何の証拠もないのに僕が疑われる一方で、アイドル的存在だった真犯人の行員は、特に根拠もなく、アリバイを訊かれるまでもなく、信じられていたように思う。

なんだったら、貸借探偵の夢藤さんによって真相が明らかにされたあとでも、『あの人がそんなことをするはずがない』と、頑なに信じられ続けていたくらいだ。

「そんなことが繰り返されていると、それが『当たり前』になってしまうんですけれど——疑いを晴らす方法にばかり秀でてしまって、それって本末転倒ですよね」

探偵を雇ってあらぬ疑いから逃れるというのは、優れた防衛策であるようでいて、しかし、それで収支がとんとん、厳密にはマイナスになっているようでは、あまり意味がないとも言える。

少なくとも生産的ではない。

結局、ほとんど毎回、クビにはなっているわけだ——打つべき対策は、本来、『疑いをかけられないようにする』であるはずなのだ。

「それはつまり、『李下《りか》に冠《かんむり》を正さず』ということでしょうか？」

と、囲井さん。

「まるで疑われるほうに原因があるようにも聞こえますが」

「いえ、気が弱っているときにはそんな風に考えることもありますけれど、でも、僕は基本的には、自分が悪いとは思っていません——思っていないからこそ、より辛くもあるんですが」

罪を認めないと、反省していないと思われる――謝ったら、嘘をついていることになる。それでも、認めるべき罪も、正すべき嘘も、僕にはない。疑われているときの僕には、『あんなことしなきゃよかった』と、後悔すべき対象がないのだ。

原因などない。ゆえに原因不明。

せいぜい、理不尽な運命を呪《のろ》うくらいしかすることがないのだけれど、ただ、そこに人為が噛《か》んでいるだけに、単純に神様のせいにもできない。神様だって、『私のせいじゃない』と仰ることだろう。

「強いて言えば、『以前に理不尽に疑われたことがある』という事実が、更なる疑いを招くということは、あるみたいです」

「疑われたから疑われる――ですか」

囲井さんが、理知的な顔立ちを、怪訝《けげん》そうに歪《ゆが》めた――それではあまりに救いがないと思ったのだろう。

まあ、僕自身もそう思う。救いがない。

けれど、それが現実でもある。

人生には、冠を正さなくとも、李下を歩いているだけで疑われることがある――それが繰り返されると、それが当たり前になる。何も感じなくなる。『いつものことさ』とでも思えたら、まだいいほうである。

パターン化だ。

ならば李下の道を歩かなければいいという話になりかねないが、それ以外の道を知らなければ、その道を歩かざるを得ないのである――違うパターンの開拓なんて、そうそうできることではない。

道路工事は大事業なのだ。

「なんだか、前科があると容疑者のリストに載りやすい――みたいな話ですね。実際には、前科がなくっても」

相槌《あいづち》というより、それは独白のようだった。

インタビューアとしてではない、ジャーナリストとしての発言なのかもしれない。

「前科があり、社会的制裁を受けていると、その後、真っ当な職に就《つ》きづらくなって、やむなく再犯に及ぶことになる――そんな悪循環のようでもあります」

「……詐欺《さぎ》の被害者が、『以前詐欺に引っかかった』からという理由で、詐欺師に狙《ねら》われやすくなるという事例にも似ていると思います」

僕自身は詐欺の被害者になったことはないけれど（詐欺の加害者と疑われたことはある）、何度も騙《だま》され続けている人の話を聞けば、『一度目はわかるとして、どうして二度目三度目を防げなかった？』と、疑問に思うことがある。

ともすれば、『そこまで騙されるのは、さすがに騙されるほうが悪いんじゃないのか？』と、考えてしまいかねない——けれど、大抵の場合、被害者が特に悪いわけでも、加害者が特に巧みだということでもない。

きっと、被害者も、または加害者も、そういうパターンにはまってしまっているというだけなのだ。

二度あることは三度ある——ではなく、二度あったからこそ、それに続く三度目の正直があったのだと解釈すべきである。

「被害者が被害者であり続ける連鎖はもちろんですが、被害者が加害者となる連鎖は、目を背《そむ》けたくなるものがありますね——だけど、多くの場合、そうなりがちです」

囲井さんの言葉に、僕は「そうですね」と、頷く。

名探偵が登場するような推理小説で描かれる犯人も、ラストシーンで悲しい動機が明かされることがある——犯人もまた被害者だったのだと、涙ながらに語られることがある。人を殺すには、それに匹敵するような理由が必要だと、作者も読者も、無意識のうちに考えているからだろう。

けれどそれは、痛快な復讐劇と言うよりは、被害者が加害者に変わったという悲劇の構図に他ならない。とてもじゃないが、痛快とは言えない。痛々しさだけが残り、不快でさえある。社会がずっとそんなことを繰り返してきたのだと思うと、悲劇を通り越して、もはや喜劇と言うべきだけれど。

「僕も、疑われてばかりいて、ある意味で被害者面《づら》をしていますけれど、いつ、自分が加害者の側に回ってしまうか、わからないという不安もあります」

「……どうせ冤罪をかけられるのであれば、実際に悪事に手を染めたって同じ、というような考えかたでしょうか？」

「そこまで乱暴なことはさすがに思いませんけれど……、でも、僕をいわれもなく疑っていた人達は、取り立てて悪人というわけじゃなかったんです——むしろ善良だった。善良さゆえに、犯人を、悪人を指弾するように、言うなら義憤に駆られて、僕をつるし上げようとしていたんです——」

フォレンジックに言えば、証拠もないのに、しかも間違って、誰かを犯人扱いすることは、れっきとした犯罪である。

犯罪をおかしている以上、彼ら彼女らを単純に善良であるとは言えない——けれど、彼ら彼女らは、決して悪意をもって僕を責めていたわけじゃない。少なくとも、悪意だけじゃなかった——倫理観や正義感があった。

「——だから、僕も知らず知らず、同じことをしているんじゃないかとも思います。報道やニュースを鵜呑《うの》みにして、理由もなく根拠もなく、誰かを何かの犯人だと、決めつけてしまっているんじゃないかって」

「報道を職業とする身としては、耳の痛い指摘ですね」

と、囲井さんは口辺《こうへん》に笑みを浮かべた。

「そうならないように心がけているつもりですし、だからこそ今回のような特集を組もうとしているわけですが、情報媒体が過熱するあまり、多くの冤罪を生んできたことも事実でしょう」

皮肉を言ったみたいになってしまっただろうか——しかし、それをシンプルに、犯罪報道の裏面としてのみとらえると、それはそれで、本質をすっぽり見落としかねない。

そんなことは報道に携《たずさ》わる人間のみならず、みんなやっている。家庭で、学校で、職場で、みんなやっている。言うならば『犯人探し』と『犯人当て』は、裏面でさえない、人間の一側面なのだ。

もちろん、影響力の差はあるにせよ——今や個人でも、意見や偏見を、全世界に向けて発信できる時代である。

いや、時代のせいにするのもおかしいか。

身内で話されていたような噂話が、国家転覆や大恐慌に繋がったというようなエピソードは、歴史上、枚挙に暇《いとま》がない——それもまた、うんざりするほど繰り返されるパターンである。

「少し、話が広がって来たので、戻しましょうか……、では、隠館さん。繰り返し冤罪をかけられないためには、最初から、一度も疑われないようにするしかないということになりますか？」

「それができたら苦労はないでしょうね。ただでさえ冤罪対策は難しいでしょうに、しかも一度目となると、なおのこと防ぐのは……、逆に言うなら、ベストの対策がそれでは、一度でも疑われたら、もうおしまいということになりかねませんし」

そう考えると、僕なんてまだ、幸運なケースに分類されるのかもしれない——たった一度、あらぬ疑いをかけられることで、職も家族も失って、人生が台無しになってしまうこともあるのだ。

二度あることは三度あるどころか、一度目の冤罪があったから、二度目も三度目もなくなってしまった——すべてがなくなる。

当然、普段から疑われることのないよう、周りの人間と善隣《ぜんりん》関係を築いておくことは重要だろう。それこそ、信用金庫の真犯人のように、犯行が確定してもなお、信じてくれるような関係性を周囲と築いていれば、いざというときに、頼れる仲間がいるということになるのだ。

僕で言えば、紺藤さんがそうだった。

出版社でバイトをしていたときに起こった事件で、みんなが僕を疑う中、あの人だけが、最後まで僕を信じてくれた。

嬉しかったが、同時に気が引けもした。

彼の人のよさを、底意地の悪い僕が利用しているみたいな気分になったものだ——そこまでいくと卑屈過ぎるが、疑われ続けると、卑屈にもなる。

「ただ、普段から襟《えり》を正して生きるというのは、考えてみれば当たり前のことなんですが、それができないという人もいます」

うまく生きることができなかったり、時代についていくことができなかったり、周囲とどうしても上手に付き合えなかったり——そういう人達に、『普段からちゃんとしてないのが悪い』と言うのは、あまりに残酷だ。

別段ちゃんとしてなくとも平気でやっている人もいるという事実もある。

その上、普段から襟を正して生きていたなら、絶対に冤罪の被害者にはならないのかと言えば、そんなことはまったく担保されない。

信用金庫の真犯人の場合はそうではなかったけれど、推理小説において、もっとも疑わしくない登場人物が犯人であるというのがひとつの型であるように、『まさかあの人がそんなことをするなんて思わなかった』という発言の真意は、『やっぱりね』という納得と、実のところ大差なかったりする。

誰だって、どうしたって、冤罪を避けることなんてできないのだ。

「成績がよかろうと素行が悪かろうと、人気者だろうと爪弾《つまはじ》き者だろうと、誰だってクラスの中では、いじめの標的になりかねないのと、似たようなものですかね——冤罪の被害者になるのに、特別な理由なんていらないんです」

「いじめ、ですか」

囲井さんが僕の言葉を繰り返した。

たとえ話のつもりだったが、彼女にはそっちのほうが引っかかったのだろうか——『堅実な歩み』は社会派の雑誌だから、冤罪問題だけでなく、そういうテーマの特集も組むことがあるのかもしれない。

ただ、それは今回の主題ではないことにすぐ気付いたのか、

「理由もなく冤罪をかけられた立場からすれば、社会からいじめられていると感じるものかもしれませんね」

と、囲井さんは軌道修正した。

そして質問する。

「隠館さんは冤罪を三つのパターンにわけましたけれど、実際に冤罪の被害に遭ってしまえば、どれも等しく、不条理なものではありませんか？」

「みっつとも不条理であるというのは仰るとおりですが、ふたつ目とみっつ目のケースにおいては、対処ができなくはありません。証拠が僕を指し示していると言うのなら、その証拠の間違いを指摘すればいいわけですし、誰かが僕を陥《おとしい》れようとしているので

あれば、その誰かを突き止めればいい」

もっとも、それをおこなうのは、僕ではなく、探偵の皆さんなのだが――ともかく、名誉回復や社会復帰はまた別問題であるにしても、それらのケースでは、冤罪を晴らすだけならば、論理的な思考で対処できるのだ。

「なるほど……、頷けます。でも、隠館さん、一番多い冤罪は、ひとつ目のケースなんですよね？」

「そう。だから難しい」

確たる理由もなく、誰の意図もなく、なりゆきみたいな経緯で疑われている場合は、いかに名探偵といえども、見えない壁にぶつかることになる。

感情的な壁に。

「ふたつ目やみっつ目のケースが、後々ひとつ目のケースとなるパターンもありますしね――それは中でも最悪のパターンですけれど」

名探偵の助力を得て、頑張って疑いを晴らしても、それが意味をなさないこともある。

まあ、冤罪をかけたほうも冤罪をかけたほうで、一度疑ってしまった以上、そうそうあとには引けないという事情もあるのだろう。

いわば保身だ。

さっきも少し触れたところだが、無実の人間に冤罪をかけるというのは、別個の独立した犯罪なのだから——意図せずにしてそんな罪を犯してしまったという事実を認めたくないという思いが、素直に間違いを認めさせてくれず、容疑者の無罪が証明されたあとも、『それでもあいつが犯人に決まっている』と、思わせ続ける。

罪に罪を重ねている——逆に、『自分達も騙されたんだ』と、まるで被害者のようなことを言い出すかもしれない。

「これまで僕が巻き込まれてきた冤罪事件の関係者の中には、今でも、僕のことを犯人だと信じている人もいると思います——僕が、『うまく言い逃れた』と思って、より一層、恨みを募らせている人が」

と言うより、すべてがすっきりと気持ちよく解決したほうが、レアケースだ。

僕が探偵を呼んで身の潔白を証明したのを、犯人が凄腕《すごうで》の弁護士を雇って事件を示談《じだん》に持ち込んだのと、大差なく捉《とら》えていた人達は相当数いた——まあ、実際、似たようなものである。

強く否定はできない。

見方によっては、携帯電話に弁護士や探偵の電話番号が入っているというライフスタイルは、普段から襟を正して、変な疑いをかけられないように心がけながら生活するスタンスの、一歩先とも言えなくもない。

意味合いとしては犯罪被害に遭うのを防ぐために防犯ブザーを持っているのと変わらないはずなのだが、しかし、そんな『対策』こそが、また疑惑を招く原因となったりもするのだから、なんとも皮肉である。

「？　『対策』が疑惑を招くと言うのは、どういうことですか？」

「えっと、だから……、『きっと、後ろめたいことがあるから、そんな対策を打つんだろう』と思われかねないってことです」

かけられた疑いを否認すると、『反省していない』と思われるのと同じである——いったん疑われてしまうと、何をしても疑わしく見えるということだ。保身ならぬ、最低限の自衛策さえ。

「…………」

と、囲井さんは黙り込んでしまった、インタビュー中だと言うのに。

出だしから重い話になり過ぎただろうか。

もとより、明るい話になるはずもないのだけれど。

「まあ、大切なのは人からどんな風に思われようと、自分の身は守らなくっちゃならないということですかね——『疑われる自分にもよくないところがあった』とか、諦《あきら》めてしまっては、本当におしまいです」

なので、無理矢理前向きに総括してみたけれど、残念ながら、そんなにポジティヴな響きにはならなかった。

囲井さんも、

「……でも、それは冤罪でなく、実際に犯罪をおかしたときにも、言えることですよね？『自分が悪かったのだ』と反省することと、『どうせやってしまったことなんだから』と自暴自棄になるのとが、別問題であるように」

と、思案顔を崩さなかった。

ふむ。

そんな考えかたはしたことがなかった。

囲井さんはジャーナリストだから、犯罪の被害者や、僕のような冤罪者だけでなく、実際に罪を犯した加害者からも、話を聞く機会が多いのだろう――だからこその見解と言うべきか。

『この命をもって償《つぐな》いたい』という気持ちと、『どうでもいいから死刑にしてくれ』という気持ちが、イコールであるはずもなく――そして、おかした罪を反省しているから弁護士を雇うつもりはないと言われても、被害者の憤懣《ふんまん》が収まるわけでもないだろう。

それを言い出したら、凄腕の弁護士を雇っても、弁護士を拒否しても、どちらにしたって被害者は喜びも満足もしまい。

また推理小説の話になってしまうけれど、ミステリーには名探偵から犯行を指摘された真犯人が、毒杯をあおって自殺するというお約束がある。

いくら特権的地位にある名探偵でも、犯人を死ぬところまで追いつめたら駄目なんじゃないかと言われがちなクライマックスなのだけれど、まあ、劇的な演出だし、人殺しの罪は死んで償うしかないというような、物語のバランス感覚でもあるのだろう――だが、そこまで追いつめた名探偵の責任の有無を問う以前に、現実の世界では、それで終わるのは犯人にとって都合が良過ぎるというものだ。

まるであてつけのような自殺じゃないか。

犯人が最後に自殺することで示そうとしているのは、反省の意ではなく、探偵への嫌がらせに近いものだ――まあ、じゃあ、何をしたら反省したことになるのかというのも、如何ともしがたい微妙な問題をはらむけれど。

懲役だったり、賠償だったり。

だけれどそれも、思えば、反省とは別の概念である。

人殺しをして懲役十年の刑に服することを、人生のうち十年を消費することで人を殺していい権利を獲得することだと解釈したり、罰金を、人様に迷惑をかけてもお金を払えばいいのだと解釈するのは、どう考えても曲解である。

償い。

むろん、冤罪をかけられているときは、僕もそれを求められる立場であり、『やってもない罪を、どう反省したらいいのかわからない』と思うというのは、さっき言った通りなのだけれど、じゃあ、『やった犯罪』については、どう反省したらいいのだろうか？

わからない。

僕に答えられる問いではない。

「いえ、今日のインタビューで、隠館さんに是非お尋ねしたかったことのひとつが、まさにそれなんです。是非答えていただきたいんです」

「え？」

きょとんとする僕に、

「その……、最初の質問とも繋がるのですが、隠館さんは、今まで、何度となく、冤罪の被害に遭ってらっしゃるわけですよね？」

と、囲井さんは、姿勢を改めた。

さながら本丸に攻め入るように。

「なのに、わたしの取材した限り、一度も相手を訴えたことがないそうじゃないですか――あらぬ疑いをかけられた償いを、まったく求めていない。それはいったい、どうしてなのですか？」

ああ、そういう意味か。

しかし、それはそれで、答えにくい質問である――どうしてと言われても。

そんな僕に、囲井さんは畳みかけるように言う。

「名誉毀損《きそん》で訴えたり、賠償請求をしたり……、当然の権利だと思いますし、次なる冤罪被害を防ぐためにも、隠館さんにあらぬ疑いをかけた人達に、法の裁きを受けさせるのは、果たすべき義務であるようにも思いますが」

後込《しりご》みしてしまいそうな強い主張だ。

義務とまで言われると、僕の怠慢を責められているみたいな気分になる。

「にもかかわらず、そうされていないどころか、ここまでお話をうかがっていても、隠館さんからは、冤罪被害に遭ったことに対する怒りのような感情は、伝わってこないんです――世の中の理不尽を嘆くようなことを言いながらも、具体的な加害者に対する恨みつらみみたいな気持ちは、まったく伝わってきません。どころか、理解を示しているようでさえあります。もちろん、プライバシーに配慮しておられるというのはあるんでしょうが……」

「んー……」

なんと答えたものか。

第三者から見れば、僕のそんな振る舞いは不甲斐《ふがい》なく見えるのかもしれないし、逆に聖人君子ぶっているようにも思えるのかもしれない――あるいは、『そこで怒らないということは、本当は犯人だったんじゃないのか』という風に、更なる勘繰りを生みかねないのかもしれない。

「まあ、クビになるときに、慰謝料や口止め料のような意味合いを持つ退職金をもらうことも、結構ありますから、裁判なんて起こすまでもないと言いますか……」

「それでも、差し引きゼロくらいじゃないんですか？」

その通り。

いや、だから、ぎりぎりマイナスなのだ――じりじりとマイナスなのだ。それゆえに、こうして取材を受けて、糊口《ここう》を凌《しの》いでいるわけで。

「……わざわざ裁判を起こすのが面倒だからというのが、第一の理由でしょうか。結局それって、揉め事が継続しているようなものですし――一回や二回ならともかく、僕くらい冤罪をかけられていると、現実的に、そのすべてで裁判を起こすなんてことは不可能です。そんなことより、次の職を探すほうが、僕にとっては重要です」

熟慮した末、結局は考え得る中で、僕は一番つまらない答を返すことになった――囲井さんはがっかりするんじゃないかと思ったけれど、しかし、少なくとも落胆を表情には出さなかった。

真剣な顔で、僕の話を聞いてくれている。

「疑いが晴れても、その後、ごちゃごちゃし続けるのって、なんて言いますか、下手をしたら疑われている最中よりも疲れますしね……、もちろん、切り替えてすぐに忘れることができるほど、都合のいい記憶力ではありませんが」

僕は忘却探偵のことを考えながら、そう言った——囲井さんはその発言をノートパソコンに記録してから、

「第二の理由は？」

と訊く。

第二の理由。

いや、正直、『第一の理由』と言った時点では、まだ『第二の理由』を、僕ははっきりと言葉にできてはいなかった——なんとなく、『億劫《おっくう》だから』という、いかにももっともらしい理由を、自分でも『それだけじゃないな』と思ったから、ついついそう前置きしてしまったのだ。

じゃあ、第二の理由はなんなのだ？

もう考える暇はない。

思いついたことをそのまま言うしかなかった。

「責める気持ちになれないから——でしょうか」

「え……、それは、隠館さんを疑った人達を、ですか？　それは——あまりに人がいいんじゃないでしょうか」

と、いぶかしげに囲井さん。

「理解を示すくらいならまだしも……、庇《かば》うようなことを言うなんて。まさしく、そんなことを言っているから、冤罪のターゲットにされるんじゃないでしょうか？」

それは間違いなくあるだろう。

何をされても怒らない人間というのは、何かとターゲットにされやすいし、泣き寝入りを選ぶ人間は、更に泣かされる羽目に陥りやすい——負のスパイラルは、そんな風に生まれる。僕が何度も冤罪の被害に遭う理由の、ひとつに違いない——だけど、それを単純に『人がいいから』と言われると、反論したくなる。

ましてや『いい人だから』なわけでもない。

今日子さんほどではないにしても、口止め料や慰謝料を辞退することなく、ちゃっかり受け取っている辺り、僕もそれなりに現金な人間だ。

聖人君子からは程遠い——偽善者にさえなれていない。

「だったら、どうして責める気持ちになれないんでしょうか。隠館さんを犯人扱いした人達を」

「これは繰り返しになりますが、立場が逆なら、僕も同じことをしたかもしれないからです。いえ、たぶん、気付いていないだけで、同じことをしているんでしょう——犯罪事案に限らず、必ずしも報道のせいというわけでもなく日常的に、知らない人をこうと決めつけたり、事情もわからないまま誤解していたり、面倒臭くて思い込んでいたりするんでしょう。だとすると、まあ、仕方のないことなのかなあって——」

当然、こんなのは僕の個人的な考えかただ。

誰にもお勧めできるものではない、どころか、囲井さんには悪いけれど、こんな発言を記事にしてもらっては困る。『そうか、冤罪を受けても泣き寝入りするべきなんだ！』なんて思想が世に広まるのは、意に反する。まったく社会貢献になっていない。

耐える姿が美しいとは思わない。

本当は僕は、ちゃんと怒るべきなのだ。確かに義務なのだ。

冤罪ヒーローはお手本であるべきなのだ。

わかっている。

わかっているし、実際に事件の渦中にあるときには、恨み辛みのような思いがまったくわいてこないわけでもない——たぶん、探偵に頼るという方法を知らなかったら、僕も『正しく』行動しているんじゃないだろうか。

「何が正しいかなんて、結局は個人個人が決めることなんでしょうけれど——そのときどきの状況もあるでしょうし」

なので、僕に、今日の僕だからこそ言えることがあるとすれば——と、そこで僕は、まだ一度も口をつけていなかった紅茶のカップを手に取り、喉《のど》を湿《しめ》らせた。

万が一にも噛んだり、詰まったりしたくなかったから、万全を期したのだ。

そうだ、この部分こそ、記事にしてもらいたい。

それは僕ひとりがやっても、ほとんど意味のない『お勧め』なのだから。

「冤罪を避けることは、難しい。と言うより、ほとんど不可能です。どれだけ用心しようとも、ある日突然、あらぬ疑いをかけられることはある――だけど、あらぬ疑いをかけないことなら、気をつけさえすれば、できなくはないと思うんです」

「疑いを――かけない」

「濡れ衣を着せる側がいなくなれば、濡れ衣を着せられる側もまたいなくなるんですから。だから、いかに自分が、疑いやすい生き物なのかを自覚して、根拠もなく人を非難しないように心がける。みんながそうできれば、冤罪はなくなります」

4

構成を考えずに、勢いで結論を出してしまった感のある冒頭に総論を終えて、そこからは各論に入った。

当然、匿名が条件の取材だし、『今までこれこれこういう冤罪被害に遭ってきた』というような具体的なエピソードを語るわけにはいかないので（口止め料ももらっているし）、あくまでも話せる範囲でということだが。

最初に難しいところを済ませてしまったからか、そこからは取材はすいすい進んだ――もちろん、聞き上手の囲井さんが、僕からうまく発言を引き出してくれた形だが。

思えば早過ぎた結論も、囲井さんに引き出してもらったようなものだ。振り返ってみると、あまりに甘ったるい理想論過ぎて、汗顔《かんがん》の至りである。それだけ、囲井さんが優秀なインタビューアということなのだろう。その手腕はどこか、関係者から事情を聞き出す名探偵のそれにも似ていた。

とは言え、インタビューが終盤に差し掛かる頃には、僕には囲井さんが、名探偵の講演会に来ていた人物かもしれないということを、ほとんど忘れかけていた。

インタビュー終了後にそれとなく確認しようかとも考えていたのだけれど、しかしそんな空気でもない――さんざん冤罪の話をしたあとで、証拠もなく疑いをかけては辻褄《つじつま》が合わないというものだ――そんな風に思っていたのだが、だけど、

「それでは……、そろそろ時間も時間ですので、最後の質問をさせていただきたいと思います」

と、投げかけられた囲井さんのラスト・クエスチョンによって、僕は否応なく、彼女が間違いなくあの場にいた、一番格好いいヘアスタイルの質問者だと、確信することになったのだった。

「隠館さんには現在、お付き合いしている女性はいらっしゃいますか?」

最後の質問は。

先日、彼女が今日子さんに投げかけた質問と似たり寄ったりの、恋愛がらみの、とてもプロとは思えないような、らしからぬ『いけない質問』だったのだ。

第二話　隠館厄介、嫌われる

1

「初めまして。探偵の掟上今日子です」

雑誌記者の囲井都市子さんからインタビューを受けた翌々日、僕は久方ぶりに掟上ビルディングを訪れた。

聴衆や好事家《こうずか》としてではなく、依頼人としてである。いつもの僕だ。

本当は、いても立ってもいられず、翌日の朝には僕はもう電話をかけたのだけれど、生憎《あいにく》その日は既に、置手紙探偵事務所は仕事を受け付けたあとだった――予約不可、完全当日受付制の忘却探偵なので、これぱっかりは仕方のないことだった。

常連客の僕としては、慣れたものである。

もっとも、常連客であろうと一見様であろうと、今日子さんの挨拶は常に『初めまして』だし、いただいた名刺もこれで何枚目になるかわからない――嘘だ、厳密に言うと、何枚目かは正確にわかる。

今日子さんからもらった名刺は全部、日付を記録した上でファイリングしてあるからだ——なので、数えようと思えば数えられる。

ただ、いただいた名刺を数え始めたら、いよいよヤバいファンみたいなので、自重しているのだった。越えてはならない一線だ。ファイリングしている時点で既にヤバいという意見はこの際、大幅に無視する。なに、いつか僕が語り部として、今日子さんの活躍を本にまとめるときに、そんなファイルも必要になるかもしれないじゃないか。

ただし、ファイルを確認するまでもなく、前回、僕がいつ今日子さんに依頼をしたかは、はっきりと覚えている——講演会を、呼ばれてもいないのに勝手に聞きにいったのを除けば、僕が最後に今日子さんに会ったのは、約二ヵ月半前のことだ。

そのときの出来事、名付けて『飛行船事件』についての詳細は、また別の機会に譲るとして（もちろん、今日子さんは既に忘れている）……、どうやらあれから掟上ビルディングは、改築を施されたらしかった。

デザインがあちこち変わっている——一部はまだ、ブルーシートに覆われていた。

三階建て、鉄筋コンクリートのこのビルが、具体的にどういう風に改築されたのかは、以前の状態の写真を持っているわけでもない僕にはなんとも言えないけれど、察するに、警備システムを増強したのだろうか？

忘却探偵の記憶は日毎にリセットされても、警備システムのほうはたゆまざる日進月歩だから、こういった更新は、これまで僕が知らなかっただけで、案外、欠かせないものなのかもしれない。

それもまた、日課だろうか。

講演会のときにも思ったけれど、僕は今日子さんのことを知っているようでいて、実はぜんぜん知らないらしい。

まあ、あの講演会の内容は、日が経つごとに、思い出すにつけ、果たしてどこまで本当だったのか、はなはだ怪しくなってくるものなのだけれど——リップサービスも過剰だったし、澄ました顔をして、とり澄ました振る舞いで、あの人は案外平気で嘘を吐く。

でなければ探偵なんてつとまらないか。

そう言えば、それこそ講演会のときに言っていた『警備員さん』というのは、このビルに住み込みなのだろうか——と、僕は中に這入《はい》る際に気にしてみたが、とんと見あたらなかった。

うーむ。

ひょっとして、忍者みたいにどこかに隠れているのかもしれない——講演会の会場に潜んでいたように。いや、講演会の会場に潜んでいたのではというのも、僕の勝手な想像だったのだけれど。

　不審者、あるいはヤバいファンとして拘束されるのではないかとびくびくしながら、ともかく僕は、カメラつきのインターフォンを押したのだった——国際空港並みのセキュリティを、たっぷり時間をかけてくぐり抜けて、二階の応接室に到着する。

　この身体検査に嫌気がさして依頼を取り下げるクライアントも、少なからずいるそうだ——まあ、そういう場合は、外で会うように計らえばいいだけなのだが、外界から完全に隔離された場所でしか話せないような内容の依頼もある。

　僕が今回、この応接室に持ち込んだのも、そういう依頼だった。

　極秘に極秘を期したい。

「隠館厄介さん。格好いいお名前ですね」

　今日は名前を褒められた。

　嬉しくないわけではないが、実は髪型を必要以上に整えてきてしまっただけに、この空振り感ときたらただごとではなかった。

　そんな今日子さんの本日のファッションは、レース状の靴下にバイオレットのプリーツスカート、パフスリーブのブラウスに、薄いギンガムチェックのチョッキだった。

　学習の成果だろうか、検索の成果だろうか、やはりこれまで見たことのないコーディネートである——総白髪と眼鏡だけは、いつも通りだけれど。いや、疎くて注意力に欠ける僕が気付いていないだけで、実は眼鏡にも、色とりどりのヴァリエーションがあったりするのだろうか？

「どうも……、このたびは、よろしくお願いします」

見とれていることを気取《けど》られないようにすることで、かえってしどろもどろになりつつも、僕は勧められたソファに腰をおろす——テーブルの上には、既にコーヒーカップが用意されていた。

ブラックである。黒髪のように。

「それで、この忘却探偵にどういったご用向きで？」

今日子さんがいきなり、本題に入る。

一昨日、取材を受けた際には、囲井さんの段取りの良さは今日子さんに通じるものがあると思ったものだけれど、しかし、やはりスピーディさにおいては、最速の探偵のほうが、一歩も二歩も抜きんでているようだった——と言うか、一般社会でこのような速度で話を進められては、商談はとてもまとまるまい。

もちろん、僕は今日子さん相手に商談をしにきたわけではないので、それでいい——僕は相談に来たのである。

仕事の依頼だ。

名探偵と依頼人——僕と今日子さんの、スタンダードな関係性である。

もっとも、それでも今日の僕は、いつもの僕とは言いつつも、ややイレギュラーなタイプの依頼人として、置手紙探偵事務所を訪問しているのだった。つまり、いつも通り冤罪をかけられて、いつも通りその疑いを晴らしてもらおうと、僕は携帯電話のアドレス帳を開いたわけではない――もしそうだったら、今日は忙しいみたいだから明日お願いしようとか、そんなのんびりとした悠長なことは言っていられない。その場合は一刻も早く、別の探偵を当たらねばならない。

もっと言えば、今日の僕は、今日子さんに、そこまでの最速を望んでいるわけではなかった――特殊な探偵である今日子さんに依頼すべき案件なのかどうかは、怪しいとさえ思っている。

だがまあ、現在僕が抱えている特殊な事情を勘案すると、それでも忘却探偵に依頼することが、適切なように思える。

とは言え、僕は、

「あのう、ちょっと変わった依頼なんですけれど……、大丈夫でしょうか」

と、自分でもわかるくらい気弱そうに、そう前置きせずにはいられなかった。

「構いませんよ。変わった依頼は大好きです」

今日子さんはにこやかに応えてくれる。

近くで見るからそう感じるのか、講演会で話していたときよりも、一層倍にこやかである――その分、よりビジネスライクとも言える笑顔だが。

「私でお力になれることであれば、どんな依頼でも、遠慮せずに話していただきたく思います。私のささやかな推理力を、世のため人のために使わせてもらえるのであれば、そんな嬉しいことはありませんから。困っているかたを助けることが、至上の喜びであり、私の生き甲斐なのです」

今朝電話した時点で、依頼料についての話が済んでいるからなのか、今日子さんは無闇《むやみ》なまでに博愛的なことを言っていた。

講演会のときに語っていた『社会貢献』とは違って、これは単に、社是と言うか、一種の営業活動みたいなものだろうけれど。

リップサービスならぬセールストークだ。

まあ、上っ面であろうとなんであろうと、そこまで言ってくれるのであればありがたい――生活に困窮した挙句《あげく》、迂闊《うかつ》に取材を受けたために、期せずして抱えてしまった『変わった依頼』を、躊躇《ちゅうちょ》なくできるというものだ。

「えっとですね、簡単に言いますと」

意を決し、僕は切り出した。

できるだけ簡素に説明しよう。

「ある女性の身辺調査をお願いしたいんです。僕と同世代の女性なんですが、彼女のこれまでの男性遍歴を、詳しく調べてもらいたいんです」

「………………」

今日子さんは笑顔のまま、無言だった。

頷きもしない。

時が止まったかのように、ノーリアクションである。

あれ、意味がうまく伝わらなかっただろうか？

なるべく正確を期したつもりだったけれど、ひょっとして言いかたを間違えたのだろうかと不思議に思っていると、今日子さんは「ちょっと失礼」と、ソファから立ち上がった——そして迷いのない足取りで部屋の端まで歩いていって、壁に垂直に引っかける形で設置してある固定電話の受話器を手に取った。

「はい……、守《まもる》さん……、今日子です……、もしかしたら……、高確率で稼働していただく展開になるかも……、やっぱり……、なので、……いつでも動けるように……、控えておいていただけますか……」

どこに何の電話をしているのだ。

小声なのでよく聞こえないが、なんとも生々しい、不穏な空気ばかりが伝わってくる。

にわかに僕が不安になっていると、今日子さんは受話器をもとに戻して、

「お待たせしました、隠館さん」

と、僕の正面に帰ってきた。とりあえずは。

「保育園に預けている一人娘が熱を出したらしくって、こまめに連絡を入れなくてはならないのです」

すごい嘘だった。

一児の母であることを主張して、僕との間にどんな壁を作ろうとしているのだろう。

「詳しく聞かせていただいてよろしいでしょうか——女性の身辺調査、でしたっけ？若い女性の身辺調査を、若い女性であるこの私に依頼しているという認識で、間違っていませんね？」

必要以上ににこにこしているけれど、目が笑っていないような気もする——あれ、まさか、酷い誤解を受けているのではなかろうか？

いや、まあ、あながち誤解でもないのか。

依頼内容を、字面で表現すれば、まさしくそういうことになる——身辺調査。僕にしてみればイレギュラーではあるけれど、ある意味、探偵にする依頼としては、極めて正当なものだとも言える。

名探偵にする依頼としてはどうかとも思うが——特に、忘却探偵にする依頼としてはどうかとも思うが、しかし、これはやっぱり、今日子さんに頼るべき案件なのだ。今日子さんに頼るしかない。

囲井さんが、今日子さんの講演会に来ていたことを含めて考えれば――

「間違いありません。若い女性の身辺調査を、若い女性である今日子さんに依頼しているんです」

「そうですか……、堂々としたものですね……」

「と、言うのも」

僕は、少し青ざめた様相の今日子さんをまっすぐに見つめる――一昨日、囲井さんから打ち明けられた話を思い出しながら。

「彼女がこれまでお付き合いしてきた六人の男性がみんな、ひとり残らず、破滅しているからなのです」

2

「隠館さんには現在、お付き合いしている女性はいらっしゃいますか？」

一昨日、冤罪特集の取材の、最後の質問として投げかけられた囲井さんからの問いに、僕は言葉を失った。

それまでの真面目なやりとりから一転、急に、四方山《よもやま》話みたいなことを訊かれてしまって——なんと答えていいものなのか、さっぱりわからない。

絶句する以外、何もできなかった。

真のラスト・クエスチョンを出題するための前振りとして、冗談で訊いたのであれば、正直に答えては馬鹿《ばか》を見る。

あるいは、僕が浮ついたとらえかたをしているだけで、これはとてもシリアスな意味合いの質問なのかもしれない——そう、僕が数々の冤罪被害に遭いながらも、それでも『人のいい』綺麗事を言っていられるのは、独り身だからじゃあないのかと、囲井さんは鋭く指摘しているのではなかろうか。

冤罪の問題の根深さは、そこにもある。

当人だけの問題では済まず、家族や愛する人も、巻き込まれることになるのだ。

悲しい思いをさせることになるだろうし、理解されがたい、苦しい戦いを共にすることにもなる——ともすると、彼ら彼女らにも信じてもらえず、どころか、彼ら彼女らから、手酷く非難されることになることもあるだろう。

そんな悲惨な状況を経験した上で、あるいは覚悟した上で、僕は『疑いを避けることはできなくとも、疑いをかけないことはできる』なんて言っているのかと問われているのだとすれば、これは重い、考えるべき問いである——浮ついているだなんて、とんでもない。

そうだ、きっとそうに決まっている。

一番の芯だ。

「そうですね、現在のところ、将来を誓い合った相手はいません。これまで女性と、お付き合いをさせていただいたことがないわけではないのですけれど、やっぱり、そのたびにどこかでうまくいかなくなりますね。迷惑をかけたくなくて、こちらから別れを切り出すこともありますし……」

あまり赤裸々《せきらら》に語るようなことでもないが、しかし、テーマを考えると答えないわけにもいかない質問だったので、僕はそんな風に言った。

「……なので、今はまだ、家庭を持つということは、考えにくいです。せめて生活がもうちょっと安定してからじゃないと」

「…………」

僕からの答に、囲井さんは、考え込むような仕草を見せた——これもまた、綺麗事めいて聞こえてしまっただろうか。正直、僕はまだ二十五歳なので、家庭とか結婚とか、そういうことまで頭が回らないというのもあるんだけれど。

「そうですか。わかりました。隠館さん、本日はありがとうございました。必ず、いい記事にさせていただきます」

やや事務的にそう言って、囲井さんは二台のＩＣレコーダーの録音を、ストップさせた——取材終了である。

ただ質問に答えていただけとは言え、とにもかくにも、どうにか役割を果たし、一仕事終えた気持ちになった僕だったが、しかし、録音を止め、ノートパソコンも畳んだにもかかわらず、囲井さんとのやりとりは、そこでは終わらなかった。

取材は終わったが、むしろ、話はそこからだったのだ。

話——いや、相談と言うべきか。

「隠館さん。このあと、お時間よろしいでしょうか？　よろしければ、今日のお礼に、夕食をご馳走《ちそう》させていただきたいのですが……」

3

「なるほどなるほど、そして言われるがままに誘われるがままにのこのこついて行って、同世代の女性に食事代を出させたと……、とても面白いお話ですね、是非そのまま続けてください」

先を促す今日子さんだったが、誤解がまったく解けていない気がする。むしろ話せば話すほど、ずぶずぶ泥沼にはまっていくような。

一度疑われたらおしまいだという冤罪の悩ましい本質を、まさか今日子さん相手に体感することになろうとは——しかし、この場合は、あながち冤罪とも言い難いか。

なんにせよ、僕に対してどういう感想を持とうが、一度受諾した仕事である。今日子さんはプロの探偵として、「お金のため、お金のため、大好きなお金のため」と、小さな声で呪文《じゆもん》のように呟いてから（寝てもいないのに、『困っている人を助けるのが生き甲斐』という前言は忘れてしまったらしい）、

「つまり隠館さんは、『付き合う男性がことごとく破滅する』という相談を、食事の席で、そのジャーナリスト、囲井都市子さんから受けたということですね」

と言った。

「はい、そういうことです……、付け加えますと、今日子さんも、同じ相談を、講演会の場で受けています」

だから僕は、頼るべき探偵として、今日子さんを選択したのだ——推理小説に登場するような名探偵にとって、身辺調査が不向きであるというのは承知の上で（いわゆる、『現実の探偵にある依頼なんて、身辺調査かいなくなったペット探しくらいのもんだ』という奴である）、忘却探偵にこの依頼を持ち込んだのは、同じ質問を受けた者同士として、違和感を共有できるのではないかという期待があったからだ。

しかし考えてみたら、この期待が肩透かしに終わらないわけもないのだった。

なぜなら、

「講演会と言われましてもね。私がそんなことをするとはとても思えないんですけれど……、まあ、断れない経緯でもあったんですかね」

という具合だからだ。

「ちゃんと話せていましたか？　私は」

「はい。みんな聞き入っていました。僕もです」

「隠館さんと、囲井都市子さんは、その講演会で出会ったということですか――奇妙な縁ですね。私が取り持ったというのでしたら、心苦しい限りですが」

なぜ心苦しいのだろう。

それに、厳密に言えば、僕と囲井さんは『出会った』わけではない――席次の関係で(自由席だったが)、僕は囲井さんの後ろ姿を見ただけだし、囲井さんは僕を、見てすらいないのだ。

印象的な黒髪と、質問の内容で、かろうじて同定できただけである――実を言うと、いまだ本人に確認は取っていない。

なまじ、僕の中で同一人物だとはっきり確定できてしまっただけに、問いただすことができなくなってしまった――言うタイミングを逸してしまったわけだ。

だから当然、囲井さんは、僕がこうして置手紙探偵事務所を訪れていることを知らない。ここにきたのは僕の独断だ。

決して囲井さんからの依頼を仲介しているというわけではないのだ。ないのだが。

「ふむ……、これがミステリー小説なら、質問者と囲井さんは、実は同一人物ではなかったという落ちが待っていそうですが、隠館さんがそこまで言うなら、同じかただと前提できそうですね——綺麗な黒髪を軸に特定したというのは、やや、なんというか……、フェティッシュですが」

そう言われればそうかもしれないけれど、今日子さんの白髪との対照で覚えていたところもあるので、うっかり反論もできない。

これ以上気持ち悪がられてたまるか。

正直なところ、既に人選を誤ったのではないかと、後悔し始めているくらいだ。

「まあ、その講演会に関して言えば、私の『当日』の仕事となりますので、詳細を聞くのは控えておきましょう——忘却探偵のルールです。ただし一点、囲井さんが正確には私に、どんな質問をしたのかだけ、教えていただけますか？　同じ恋愛がらみの質問だったとは言え、私にした質問と隠館さんにした質問は、一言一句、まったく同じだったわけではないのでしょう？」

確かにその通りである。

僕が囲井さんから受けた質問は『お付き合いしている女性はいますか？』で、今日子さんが囲井さんから受けた質問は、『忘れるたび、同じ人を好きになってしまいますか？』というようなものだった。

そこだけ切り取ると、全然違うとも見える。

「それに対して、今日子さんは、『男なんて、どいつもこいつもみんな一緒です』と仰ってました」

「あらまあ。私ったら、そんな小粋《こいき》なジョークを？」

ころころ笑った。

やっと心から笑ったという感じだ。

自分で受けてどうする――小粋と言うより小生意気なジョークだったし、そもそも、あれがジョークだったかどうかからして、はなはだ怪しいのだけれど。

かなりの真実味があった。

「ちなみにその答に、囲井都市子さんは、納得しておられましたか？」

「さあ。後ろ姿でしたから、それはなんとも……」

受けて『ありがとうございました』とは言っていたが、あのとき囲井さんは、いったいどんな表情を浮かべていたのだろう。

いい講演会の締めになったことは間違いないけれど、あれが囲井さんの望む答だったかどうかまではわからない。

後日、僕に、『あんな話』を持ちかけてきた以上は、納得できなかったと見るべきなのかもしれない。

「ふむ。お力になれなかったとしたら、不甲斐ない限りですね」

「まあ、講演会という公の場でのことでしたから、囲井さんもぼかした言いかたをせざるを得なかったのかもしれません……、『男で失敗を繰り返している』という表現を聞いて、それが『付き合ってきた男性がことごとく破滅している』という意味だとは、普通、思えませんから」

もっと一般的……、と言うか、通俗的な『失敗』をイメージするに決まっている。誰だって、あの会場にいた全員が、きっとそう思ったことだろう。

歴史はパターン化されていて、人間は同じことばかりを繰り返す――それが今日子さんの、その日の講演の主軸で、囲井さんは、『同じような人ばかり好きになって、同じような失敗ばかりをする』と言っていた――だがその『失敗』とは、決して、囲井さんが男性選びにおいて『失敗』したという意味合いではなかったのだ。

「破滅という言いかたが刺激的ですね」

今日子さんはそう感想を漏らしてから、

「私にそんな質問をした理由は、講演のテーマとぴったりだったからと考えればよいとして――囲井都市子さんが隠館さんにそんな話を持ちかけた理由は、どういうものなのでしょう？」

と、首を傾げた。

その理由は本人からしかと聞いている。

自分の口からは言いにくいけれど、探偵事務所の応接室まで来ておいて、口を閉ざすわけにはいかない。

今日子さんに依頼を持ち込んだ時点で、一連の収支は、マイナスどころでは済まなくなっているのだ（貸借探偵ほどではないとは言っても、置手紙探偵事務所の相場もそれなりにいいお値段なので、取材を受けたことで発生した謝礼金は、余裕で吹き飛んでしまう）、できる限り情報は、つまびらかにしなければならない——できる限り。

「まあ、それはなんと言いますか。つまり……、破滅的状況を、何度もくぐり抜けている僕を、相談相手として的確だと、思ってくれたらしいです」

「取材を通じて」

「ええ、取材を通じて——です。そんな話をするつもりは、最初はなかったということなので……」

なにぶん内心のことだから、それが本当なのかどうかは、確認の仕様がないけれど。

総論を語り終えてからの各論、『これまでどういう冤罪をかけられてきたのか』を（プライバシーに配慮しながら）話したのが、囲井さんに響いたらしい——自分の半生を、重ね合わせずにはいられなかったそうだ。

いや、正しくは重ね合わせたのは、自分の半生ではなく、かつて親しくしていた男性達の破滅なのだが。

「ふむふむ。破滅を繰り返している隠館さんに囲井都市子さんは、ある意味で感情移入したということですね」

「いえ、あの、僕は破滅してはいませんけれどね？　見ての通り」

「あら、すみません。見たままのことを言ってしまって」

なんだか今日子さんが刺々《とげとげ》しい。にこやかに刺々しい。

犯人相手だってそんなにつんけんした態度は取らない忘却探偵なのに――残念ながら、僕の電話帳には、こういった誤解を解くのを専門とする探偵はいない。開拓しておくべきだったろうか。

「ともかく、囲井さんは悩んでいたんです。自分が好きになる男性が、みんな悲劇に見舞われることを――ただ悲しんでいると言うより、それが自分のせいなんじゃないかと思い悩んでいる節もありました」

「自分のせい」

「『わたしは呪われているんじゃないか』とか『わたしは疫病神《やくびょうがみ》なんじゃないか』とか、そんな風に――まあ、話を聞いていると、そう思い込んでしまっても、無理がない感じでした。思い込むと言うか、思い詰めると言うか……」

一度や二度ではない。

二度あることは三度ある――でさえない。

六度である。

そこまで至れば、現象になんらかの必然性を求めてしまうのも、無理からぬことである――僕が何度となく冤罪をかけられている姿を、『本人にも原因があるんじゃないか』と見られるのと、同じように。

「……でも、隠館さんがどうなのかはともかくとして、普通に考えて、囲井都市子さんが疫病神ということは、ないんじゃないですか？」

どうして僕がどうなのかはともかくとしてなのかはともかくとして、その通りである。続いている現象は聞くだに確かに奇妙だけれど、その原因を囲井さんに求めるのは、如何にも無理がある。

なにせ、それらの『破滅』は、自分の身に起こっていることではないのだから――逆に、そこまで責任を背負い込むのは、相手の男性にとっても、礼を失していると言うべきではないだろうか。

「だから、今日子さんに調べてもらいたいんです。囲井さんが、これまでお付き合いしてきた六人の男性の『破滅』が、決して彼女のせいではないのだと、証明していただきたいんです」

「ふむ。なるほど、そういう意味での『身辺調査』ですか」

探偵としては、仕事に大小をつけるつもりはないのだろうが、しかしやはり名探偵としては、普通の身辺調査よりもモチベーションが上がったらしく、今日子さんはわずかに身を乗り出した。

「通常は、犯人を特定するのが探偵の役割ですが、今回は、『容疑者』の犯行では、ないことを推理して欲しいということですね――特定ではなく否定ですか。確かに、依頼としては変わり種です」

それも一気に六件とは大盤振る舞いです、と、今日子さんは時計を見る――現在時刻は、午前十時三十分。

一般社会においては、まだまだ一日は始まったばかりというような時間帯だけれど、これが忘却探偵となると、さにあらず――今日しかない今日子さんにとっては、時間的余裕なんて概念はない。

たった一日というタイムリミットの間に、六件もの事件を『解決』しなければならないなんて、思えばかなりの無茶振りである。そういう意味でも、僕の人選は誤っていたのかもしれない。

いや、それでも、最速の探偵だ。

今日子さんを頼った僕は間違っていなかったと、思わせてくれると信じている。

「では、隠館さん。囲井都市子さんがこれまでどんな男性と、どのようなお付き合いをしてきたのか、そしてそれぞれ、どのような結末を迎えられたのか、具体的に教えてください。言うまでもなく、プライバシーに関しては、ご心配なく。どんなお話を聞こうとも、私は明日には、それらを綺麗さっぱり、忘れてしまいますから——依頼人である隠館さんごと、忘れてしまいますから」

4

「私がこれまでお付き合いしてきた男性は、六人です」

囲井さんは、おずおずとそう話し始めた。

移動した先の、僕が名前すら知らなかったようなお洒落《しゃれ》なレストランの、個室である——こう言っちゃあなんだけれど、新興の社会派雑誌の経費で落ちるとはとても思えない、高級店だ。

そう言えば紺藤さんが、取材を仲立ちするときに囲井さんのことを、良家のお嬢さんだと言っていたような——信用金庫をクビになって路頭に迷っている最中だったので、申しわけないことにちゃんと聞いていなかった。

まあ、路頭には、今も絶賛、迷っている最中なのだが……、失業中の人間でも、こんな高級店で食事ができたりするのだから、人生というのは不思議である。

幸福と不幸の帳尻《ちょうじり》が、ぜんぜん合っていない気もするが。

「確認しますが、囲井さん。付き合った男性が六人で、その六人ともが、その……、『破滅』したと仰るんですか？　付き合ってきた男性のうち、六人が『破滅』したのではなく？」

「はい。その理解であっています」

神妙な顔で頷く囲井さん。

なんだか、事実上初対面である女性から、男性遍歴を打ち明けられるというのは、どこか背徳的だった――これまでどんな男性と付き合ってきたかを聞くなんて、ほとんどゴシップの領域である。

だがこれは、真面目な話なのだ。

取材は終わっているが、ある意味で、テーマは継続しているとも言える。

「ただ、今から思えば、六人の中には、正式に付き合っていたとは言えない人もいます。子供っぽい気持ちだったと言うか、一方的な気持ちだったと言うか――その辺りも、これからじっくりお話ししますけれど」

そんなプライベートな話を僕が聞いてしまっていいのかとも思ったが（しかも『じっ

くり』)、しかし、ここまでくれば乗りかかった船だ――毒を食らわば皿まで、と言うには、目の前に並んでいるのは、美食ばかりだったけれど。

「でも、いったい何から話せばよいやら……、わたしの半生を振り返るようなものですから、やはり、時系列に沿って話すのがよいでしょうか。最初の事件は、わたしが幼稚園児の頃に起こりました」

「幼稚園児？」

それはまた、えらくさかのぼったものだ。

いや、半生を振り返ることになるのなら、言うほど不自然でもない――誰だって、幼児だった頃はある。それを数えるかどうかは人それぞれだろうが、初恋が幼稚園児だった頃というケースは、むしろありふれていると言えるだろう。

別段、インテリジェントな女性のインテリジェントな恋愛譚《たん》が聞けるのではというような、よこしまな下心があったわけではないのだけれど、しかし出だしが幼稚園児の初恋となると、やや拍子抜けな印象もあった。

肩透かしと言うか。

しかし、これは僕の、まったく僕らしい早とちりだった。

「その『お兄ちゃん』は、交通事故に遭いました。後遺症が残るような大怪我をして、入院してしまって――その後、引っ越してしまい、それっきりです」

いたいけな初恋の終末は、あまりにも過酷で、救いのないものだった。

幼稚園児にあるべきエピソードではない。

「もちろん、当時幼かったわたしが、そういった事情を、全部理解できていたわけじゃあなかったんですけれど……、両親も娘に、仲の良かった『お兄ちゃん』がそんなことになったなんてことは、教えたくなかったでしょうし」

「はあ……」

はあ、としか言えない。

正しいリアクションがわからない。

それが囲井さんにとって、深い心の傷になっていることは間違いないのだから、迂闊に慰《なぐさ》めの言葉など言うべきではないと思う。

僕が反応に困っていると、囲井さんは続ける。

「二人目は、小学校の同級生でした。それも、もちろん、付き合っていると言っても、ごっこ遊びみたいなもので……、小学生同士のたわいのないじゃれ合いだったんですけれど、でも、彼はある日、校舎から飛び降りて……」

一瞬、言葉に詰まってから、

「飛び降りて、亡くなりました」

と言った。

亡くなった？

「そ、それは……、事故で、ということでしょうか？」

「いえ、自殺だったそうです。結構、大きなニュースになりました——なにせ、小学生の飛び降り自殺ですからね」

報道が放っておくわけありません、と、やや自虐的に囲井さんは言った。

「遺書は残されていませんでしたが、理由は、教室内でのいじめだったと言われています。わたしの知らないところで、クラスメイトから酷い目に遭わされていたとか——」

それで囲井さんは取材中に、いじめ問題に言及したとき、反応していたのだろうか。

いや、それも一概に決めつけられたものじゃないが。

「三人目は、高校生のときでした。相手は将来を嘱望《しょくぼう》されていたサッカー部の先輩だったんですが、試合中に利き足の靱帯《じんたい》を痛めて、あえなく引退することに——」

「…………」

「四人目は、大学生のときのサークル仲間でした。入学式で代表の挨拶をするくらいの優等生だったのに、わたしと付き合い始めてから成績は下降の一途を辿り、留年を繰り返した挙句に大学を辞めることになり、その後、所在不明に……、わたしも早い段階で連絡が取れなくなってしまって、自然消滅のような形で付き合いは終わったんですけれど、噂では今はもう日本にいないとか——」

「…………」

「五人目は、そう、社会人一年目だったでしょうか。わたし、今の雑誌社に就職する前は、誰でもその名を知っているような大手の出版社に勤めていたんですけれど――紺藤さんと知り合ったのはその頃です――、わたしは、職場の上司と恋愛関係になりました。けれど、そのかたは、付き合い始めてすぐに左遷《させん》の憂き目に遭い、窓際部署へと追いやられ、最終的には自主退職するに至りました」

「…………」

「六人目は、本当に最近の話なんですが……、今の仕事を始めてから知り合った、ベンチャー企業の創始者でした……、青年実業家というのでしょうか。歴史の浅い会社に属する者同士で意気投合して結婚まで考えたのですが、でも、関係を続けていく中で、業績はみるみる悪くなって、信じられないくらいあっさり倒産してしまいました。……涙ながらの別れ話を拒否することは、できませんでした」

「…………」

「以上――六人です」

壮絶、と言うのだろうか。

ひとつひとつの事案が既に壮絶なのだが、それがむっつ連なるとなると、最早絵空事のようである――感情を押し殺して箇条書きのように列挙されても、その衝撃が薄れることが、まったくない。

受けた衝撃が抜けていかない。

むしろじわじわと浸潤《しんじゅん》してくる。

なんと言っていいかわからないどころじゃない。

単純に比べることは難しいが、繰り返し濡れ衣を着せられる僕の冤罪体質よりも、一層呪いめいているように思える——死者や行方不明者まで出てると言うのだから、ただ事ではない。

男運がない、なんてありふれた言葉では済まされるはずもなかった。

今日子さんの講演会では、質疑応答がゆるい質問で終わってよかったなんて思ったものだけれど、とんでもない。

ゆるいどころか、きつく、首を絞められるような出来事ばかりが折り重なっている——もちろん、回数で言えば、僕が冤罪をかけられたのは、六回なんてものじゃないけれど（大小合わせれば、三桁《みけた》に達する自信さえある）、それは条件が違うからだ。

好きになった人が悲劇に見舞われる。

様々な形で『破滅』する。

囲井さんは、『お付き合いした男性が』と言ったけれど、その付き合いの浅い深いは、あまり関係ないらしい——聞いている限り、囲井さんが相手のことを好きになっただけでも、条件に当てはまりかねない。

六人。

二十代半ばという年齢を考えれば、多過ぎもせず、少な過ぎもせず、平均的な人数と言ったところか？

幼稚園と小学校、それに、サッカー部の先輩に対する憧《あこが》れのような意味合いが濃かったと思われる高校時代を除いて……、ちゃんと付き合っていたと言えるのは、大学時代の四人目、社会に出てからの五人目、六人目だろう。

具体的に結婚まで考えたという青年実業家、直近の六人目に対する思いが、一番強かったと考えるべきか——まあ、『好意』にそんなランク付けをすることに、意味があるのかどうか、不明だけれど。

「気を悪くされないでいただきたいんですが……、囲井さん。『好き』になって、『付き合い始め』たら『破滅』すると言うのは、恋愛関係に限ってのことなんですか？　たとえば、友達でも、『好き』で『付き合い』があることには変わりありませんよね？　仕事っぷりに好感を持った相手だったり、アイドルやミュージシャンだったり……、スポーツ選手だったり、あとは……」

「……そういう掘り下げは、したことがありませんでしたけれど」

思案顔をする囲井さん。

「でも、心当たりはありません。お付き合いした男性に限られていると思います」

「うーん。ただ、幼児園児のときの初恋は、その後の恋愛とは、さすがに違うんじゃないですか？　小学生の頃の『好き』は、ぎりぎり許容できるとしても……」

「だって、その『お兄ちゃん』とも、結婚の約束はしていたんですよ。そういう意味では、『お兄ちゃん』は六人目の彼と同じです。何ら変わりません。六人目の彼は、年下でしたけれど……」

幼稚園の頃の婚約と、社会人になってからの婚約とでは、やっぱりぜんぜん違うように思うけれど——しかし、そんな真摯《しんし》な顔で切実っぽく言われてしまったら、それ以上の反論は難しい。

土台、女心なんて、僕に読み解けるわけがないのだ——相談役として不適格であること、はなはだしい。

どうして僕ともあろう者が、このような似つかわしくない高級レストランで、おいしい食事をしているのだろうか？

「隠館さんの仰りたいことはわかります。わたしだってずっと、そんなわけがない、こんなのはわたしの自意識過剰なんだ、気のせいに決まっていると、思っていました——思おうとしていました。だけど、もう限界です」

「囲井さん……」

「わたしは今、人を好きになるのが怖い。人を愛することが怖い。誰かを好きになって、誰かを心から愛して、そのたびにその誰かが破滅するのを見るのは、もううんざりなんです──わたしにはもう、まともな恋愛なんて、できっこないんじゃないかと思うと、死にたくなります」

消え入るような声でそう言って、囲井さんは俯《うつむ》く。

死にたくなるなんて芝居がかったことを言うとは、とても思えなかった──彼女はきっと、好きな人が破滅するくらいだったら、自分が破滅するほうがマシだと、本気で考えているのだろうから。

自分の身に置き換えてみれば、嫌と言うほどわかる。

我が身に冤罪が降りかかり続けるという宿命は、耐え難いものではあるけれど、しかしこれがもしも、親しくなった人に冤罪が降りかかるという宿命だったなら、僕は一度だって耐えられないだろう。

呪うなら自分を呪えと言いたくなるに決まっている──死にたくなるに決まっている。

もちろん、『あなたの気持ちはわかる』なんて、配慮のないことは言えない──他人に迷惑を、それも好きになった人ばかりに迷惑をかけ続けてきたと考えている彼女の気持ちは、僕には所詮《しょせん》、想像することしかできないのだから。

あるいはここで、気の利いた台詞《せりふ》のひとつでも言えれば、僕の人生も違うんだろうけれど、生憎僕は、女性を慰めるのに向いてない。

どちらかと言えば、女性から慰められることの多い人生だった。

そんな僕に、どうして彼女がこんな打ち明け話をしてきたのか、僕なんかがそんな話を聞いてしまってよかったのか、意味もなく人の秘密に踏み込んでしまったような、後ろめたい気分に襲われる。

「ま、まあ、まともな恋愛なんてできないっていうんだったら、僕もそうですから」

沈黙の重さに耐えきれず、僕はそんなことを言った——焦点はそこではないことをわかっていながら。

「さっきも言いましたけれど、こんな疑われ通しじゃあ、誰かと健全に付き合うことなんて、難しいですからね。それでも、どうにかこうにかやってますし」

的外れである。僕がどうにかこうにかやっていることなど、囲井さんにとっては何の救いにもならないのに——どうしようもない無力感に囚《とら》われる僕だったけれど、そこで囲井さんは、

「はい。すごいことだと思います」

と、俯けていた顔を起こした。

「隠館さんはすごいです」

「え……、いや、すごくはないですが」

急に、それも真っ直ぐに褒められて、僕は戸惑う——照れると言うより、混乱するだけである。

「そんな隠館さんだから、わたしは話を聞いて欲しかったんです。あなただったらきっと、わたしの気持ちを、わかってくれるんじゃないかと思って」

「わか——」

わかる、とは言えない。

けれど、わからないと言うのも、彼女を切って捨てるようではばかられた。

僕が答に迷っていると、囲井さんは、

「だから」

と、声のボリュームを上げて、こう続けた。

「隠館さんにお願いがあるんです。今日会ったばかりのかたに頼むようなことではないのですが、どうか、どうか——」

5

「『——どうか、わたしの呪いを解明していただけませんか』と、そう頼まれたんです」

「そう頼まれたんですか」

僕の回想を聞き終えて、今日子さんは頷いた。コーヒーカップを取り上げたが、いつの間にか空になっていたことに気付いたようだ。

「隠館さんも、もう一杯いかがですか？」

「あ……、じゃあ、いただきます」

「では」

と言って、今日子さんはシンクのほうに向かう。豆からコーヒーを作っているようなので、それなりに時間がかかる。最速を求めるならインスタントにするべきなのだろうが、そこはこだわりがあるようだ。

今日子さんとしても一息入れたいタイミングだったのだろうが、僕としても、これは助かる水入り（コーヒー入り）だった——なぜなら、『呪いの解明を頼まれた』というのは、嘘だからだ。

いつだったか、今日子さんは『依頼人は嘘をつく』と、まるでそれが信念であるかのように断定していたけれど、その日の今日子さんは、間違っていなかったというわけだ——僕は囲井さんからそんなこと、頼まれてなんていない。

仲介を頼まれてなんていない。

僕がこの場にいるのは、僕の独断である。

囲井さんが、講演会を聞きに行くくらいに今日子さんのファンだというのなら、むしろそんな勝手な真似は断固としてやめて欲しいと考えるのではないだろうか――今日子さんが忘却探偵でなければ、僕だって、こんな依頼を持ち込もうとは思わなかったけれど。

「わかりました。つまり、それらむっつの事件が、彼女とは無関係に起きていることを、私は証明すればいいのですね？」

コーヒーポットを持ってソファに戻ってきた今日子さんは、それぞれのカップにコーヒーを注いでから着席し、改めて僕からの依頼を、そうまとめた。

「もう少し言えば、それらの男性陣を襲った『破滅』が、彼女のせいではないことを、きっちりと示せばいい。そうですね？」

「はい。そういうことです。彼女の気病みを、どうにか解決していただきたいんです。探偵の業務としても、名探偵の業務としても、イレギュラーな依頼だとは承知していますけれど、でも――」

「わかりました。お引き受けいたしましょう」

皆まで言わせず、今日子さんは言った。

「六時間以内に結論を出しますので、一旦《いったん》、お引き取りください――今が十一時ですから、午後五時に、もう一度ここに来ていただけますか」

「ろ、六時間後——ですか」

最速の探偵の大見得に、僕は唖然《あぜん》としつつ（なにせ、むっつの事件を、六時間で解決すると言っているのだ——事件ひとつあたり、一時間である！）、心の中ではガッツポーズを取っていた。

今日はあんまりうまく話を運べなかったみたいなので、依頼を断られる線もあると思っていたのだが。いや、僕が受けているらしいはなはだしい誤解はさておいても、さすがに時間が足りないいんじゃないかと……、でも、今日子さんができると言う以上、絶対とは言わないまでも、十分に解決の見込みはあるということだ。

「で、では是非もありません。料金はお約束通り、支払わせていただきますから」

「それは当然のことです。六時間のうちに、きっちりと耳を揃《そろ》えて用意していただきます——ただし」

と。

今日子さんは、笑顔を保ちつつも、しかしやや、低いトーンで言った。

「身辺調査をおこなったことで、隠館さんや囲井都市さんの意に添わない結果が出たとしても、私は手心を加えることなくそのまま報告させていただきますので——その点、どうかご理解ください」

「？　意に添わない結果って……」

「つまり――呪いは実在するかもしれないということですよ。六人の男性が、囲井都市子さんのせいで『破滅』していたのだと、はっきり確定させてしまう可能性を、隠館さんの依頼は含んでいます」

6

正直、今日子さんのそんな忠告の意味は、僕にはあまりぴんと来なかった――それよりも何よりも、愚かな僕は、最後についた嘘がばれなかったことを、嬉しく思っていた。

もちろん、嘘はよくない。

それもこの場合、僕のついた嘘は『依頼人の嘘』というには、あまりに意味のない嘘だった――場合によってはちゃんと言おう、ちゃんと言うべきとも思っていたのだが、だけど、僕はもうこれ以上、今日子さんに誤解されるのが嫌だったのだ。

誰に疑われようと、どう怪しまれようと、今となっては慣れたものだったが、今日子さんから、しかもああいう形で疑惑の目を向けられるのは、説明がつかないくらいにどうしても嫌だった――だから、ぎりぎりのところで、咄嗟《とっさ》に隠したのである。

囲井さんが一昨日、僕にした『お願い』が、本当はどういうものだったのか、僕は探偵に、どうしても言えなかった——自分が呪われた存在だと思い詰めているかの敏腕《びんわん》ジャーナリストは、あろうことか、僕みたいな奴に、こう言ったのである。

「隠館さんにお願いがあるんです。今日会ったばかりのかたに頼むようなことではないのですが、どうか——わたしと結婚していただけないでしょうか」

あなたとなら、幸せになれると思うんです。

あなたとしか、幸せになれないと思うんです。

第三話　隠館厄介、脅される

1

六時間という数字を、長いと受け取るか、短いと受け取るかは、その時々の状況によるだろう——過去に起きたむっつの事件の真相を解明するために使用すると考えれば、あまりにも短過ぎるという他ないけれど、することのないまま、ただ待つだけに消費する六時間というのは、体感的にあまりにも長過ぎると言うしかない。

残念ながら、僕は一昨日から変わらず失業中なので、この『隙間《すきま》時間』を利用して、何らかの仕事をこなすと言うこともできない。置手紙探偵事務所から出たところで、どこにも行くあてはないのだった——なんならいったん自宅に帰ってもいいくらいだったけれど、しかし、何度も往復するのも億劫だ。

なので僕は、近場の図書館で時間を潰《つぶ》すことにした。ここで推理小説でも読みながら、名探偵の活躍に期待するとしよう——考えたら、とんでもなく贅沢《ぜいたく》な状況である。

元より、最速の探偵の待ち時間に文句を言うなど、どうかしている——今回は、僕が巻き込まれているわけではないし、ワトソン役が必要なタイプの事件でもないので、今日子さんがどのように探偵活動をするのか、同行して見守る（そう、ただ『見守る』）ことはできないけれど、まあ、僕という足枷《あしかせ》と共に捜査することで、探偵の速度が更に上昇するなんて理屈はないはずだから、不本意ながら僕はここでのんびり本を読んでいるのが、適材適所と言うべきだろう。

待つのも仕事だ。無職だが。

しかし、やはりと言うべきか、内容が頭にぜんぜん入って来なかった——今日子さんが働いている中、自分は優雅に読書に没頭するだけという現状は、贅沢と言うより、ただの怠慢であるように思えてきてしまった。

いや、この罪悪感は、今日子さんにまったく意味のない嘘をついてしまったことに起因しているのかもしれない——それとも、今日子さんではなく、囲井さんに対する罪悪感だろうか。

突如投げかけられた、彼女からのプロポーズのような『お願い』を——いや、プロポーズそのものの言葉を、僕はまともには受け取らず、アルコールも入っていた囲井さんの、人事不省ゆえの発言だと判断して、その後はあやふやな対応に終始してしまったのだけれど、思えばそれは、異性に対して誠実な態度であるとは言えなかった。

はなはだ不誠実だった。

ただ、事実上初対面の女性からあんなことを言われて、ちゃんと答えられる男性が、世の中にはいるのだろうか？　イエスとかノーとか、そんな段階でさえない——まだ、お互い、どんな性格かも知らないのに。

否、知ってはいる。

それは半日ほどかけて、語り合った。

僕は自分の半生を語ったし、彼女は自分の半生を語った——その上で、囲井さんはあんなとんでもないことを言ったのだ。

酔ってはいたのだろうし、積年の思いをぶちまけたばかりで、決してまともな精神状態だったとも言い難いけれど、しかし、だからと言って、おふざけでプロポーズをしたわけでもあるまい。

愚にもつかないと切って捨てるのは難しい。

彼女は大真面目だ。一貫して。

だけどその真面目さゆえに、囲井さんは自分を見失っているのだと、やっぱり指摘せざるを得ない——思惑はわからなくもない。

少なくとも僕としては理解を示さざるを得ない。

好きになった男性がことごとく破滅するという、呪われた宿命にあると自己を定義している彼女は、誰かを好きになることに、すっかり臆病《おくびょう》になっている――だけど、もしもここに、破滅しても平気だという人間がいたとしたら、どうだろう？

　何度も破滅しそうになりながら、その都度《つど》、瀬戸際《せとぎわ》で破滅を回避してきた、驚くべき冤罪体質の男がいたとしたら――彼のことを相談相手以上だと勘違いしても、おかしくはあるまい。

　相談相手ではなく、結婚相手だと、見誤っても。

　もちろん、彼女のジャーナリスト魂は本物だし、だからそれが目的で、僕に取材を申し込んで来たわけではないだろうけれど、不幸自慢にも似た僕の経験談を聞いているうちに、囲井さんは、たまらなくなってしまったに違いない――だから、最後にあのような、プロ意識に欠けたおかしな質問を、僕に投げかけてしまったのだ。

『現在、お付き合いしている女性はいらっしゃいますか？』

　そしてその後、食事に誘うという瞠目の積極性である――真面目ではあるのだろうが、しかし、大いに冷静さを欠いていると言うしかない。

　取り乱しているのと大差ない。

　そんなプロポーズに、ひたすら誠実に対応するのは、僕のような気弱な人間じゃなくっても、無理だ――無理な相談だ。

　いや、だから、相談ではなく――求婚なのか。

ただ、そんな風に冷静さを失うのも、返す返すも無理からぬことである――六人もの男性の破滅を、彼女は自分の責任として背負ってしまっているのだから。

ひょっとすると囲井さんは、『こいつなら破滅させても構わないだろう』と判断した相手ならば誰でもいいから、たとえば隠館厄介氏のような人物ならば誰でもいいから、手当たり次第にプロポーズしたのかもしれない。

そうだとするとさすがに心外だが、まあ、いずれにしても、僕としては囲井さんに、『誠実に対応する』以外の選択を取るしかなかった――と言っても、特筆に値するほど奇抜な対応でもない。

僕にしてみれば、いつもの手である。

探偵を呼ばせてください――と、さすがに口に出して言ったわけではないけれど。

2

結局、閉館時間の間際まで図書館で粘ってみたものの、集中できなかったためか、手に取った推理小説を読み終えることはできなかった――解決編まで読めなかったどころか、第一の殺人さえ起きていない。

出だしもいいところだ。

これではどういう事件を扱ったミステリーだったのかも、まるっきり謎のままである。なんともかんばしくないことだ。だが、やむを得ない。いくらなんでも実際の事件よりも推理小説を優先するわけにはいかない――導入が好みだったのは確かなので、いつか就職先が決まり、給料が振り込まれたら真っ先に購入させてもらうことにしよう。事件解決のためには何の役にも立てない僕だけれど、せめて、図書館と書店との間を仲立ちすることで、社会貢献に代えさせてもらおう。

図書館から掟上ビルディングに戻る途中で銀行に寄って、依頼料をおろす――自分に降りかかった冤罪ならばともかく、他の人の事件を解決するためにお金を払おうというのだから、思えば僕も酔狂《すいきょう》である。

まあ、まるっきりの他人事というわけでもないのか――僕が『七人目』なのだとしたら、これはこれで、れっきとした自衛策とも言える。

降りかかる『破滅』を回避するための先行投資。

先手先手、転ばぬ先のなんとやら――いや、僕までがそんな風に、囲井さんの『呪い』を本気にし出したら、本末転倒である。

今日子さんはあんな風に脅すようなことを言っていたけれど、好きになった相手がことごとく破滅するなんて呪いが、あるはずがない。

あくまでも思い込みなのだ。

囲井さんの懊悩は、僕の冤罪体質とは、そういう意味では、まったく性質を異にするものだ——僕のそれが悪循環だとしたら、彼女のそれは、間違いなく偶然の産物である。

そのはずだ。

偶然が六回も続くはずがないと彼女は言うだろうけれど、偶然だからこそ、六回続いたのだと、そう解釈すべきなのだ——あくまでもリスクマネジメントの一環として（あるいは怪しげな僕に対する意地悪で）ああ言っただけで、きっと今日子さんも、調査の結果、僕と同じ結論に至ったに決まっている。

そう思いつつも、僕は内心に一抹の不安を抱えながら、本日二度目となる、置手紙探偵事務所の応接室を訪れたのだった——当然、這入るにあたってのセキュリティチェックは、一からやり直しだった。

気のせいか、一度目よりも二度目のほうが入念だったきらいもある。

「初めまして。探偵の掟上今日子です」

「えっ」

「冗談です。ご心配なく、寝てません」

ぎょっとするような冗談はやめて欲しかった……、依頼も一からやり直しかと思った。ともあれ、再びソファで、テーブルを挟んで向かい合う、僕と今日子さん。テーブルの上には一面、調査結果が広げられて——いない。テーブルに置かれているのは、午前中と同じく、コーヒーカップのみである。

忘却を旨とする置手紙探偵事務所においては、ペーパーレスの基本姿勢が徹底されている。調査結果も推理も真相も、すべて、今日子さんの白髪頭の中にあるのだった。

自然に優しい。

なので、依頼人としては姿勢を正して、拝聴するのみである——つまり、僕の果たすべき役割は、ファンとして訪れていた講演会のときと同じだった。

セキュリティチェックに一時間かかったので、現在時刻は午後六時。

「それで、今日子さん、どういう結論になりましたか？」

僕は『黙って聞く』という自分の役割を、いきなり逸脱《いつだつ》して、そう質問してしまった——勿体ぶっているわけではないのだろうが、優雅にコーヒーカップに口をつける今日子さんを、待ちきれなかった。最速の探偵に対してフライングとは、粋がり過ぎというものだ。

「と言うか、そもそも、結論は出たんでしょうか……、たった六時間で」

「出ました」

出しました、と。

今日子さんは力強く頷いた。

「正確には午後三時の時点で、結論に辿り着きました」

「え……、じゃ、じゃあ、たった四時間で？」

やはり最速の探偵はフライングされようとも最速だと思わされる一方で、だったらその時点で僕に連絡をくれてもよかったのではとも思う――ただ待つだけの四時間が、ただ待つだけの六時間よりも長いということはないのだから。僕の電話番号は、依頼するときに伝わっているはずだ。

「いえ、そこからの二時間は、隠館さんの身辺調査に使わせていただきました」

「…………」

「まあ、一応、念のためと言いますか」

最速の探偵に二時間もかけてもらえて光栄だと、そう考えておくことにしようか――なにせ、六つの事件の、一件一件よりも、割合的にはじっくり、綿密なまでに僕の素行《そこう》が調べられていると言うのだから。

どれだけ怪しまれているのやら。

でもまあ、僕は依頼人として、今日子さんに嘘をついているわけだから、その対処は、実は正しい――これぱっかりは、完全に冤罪であるとは言えない。

二時間みっちりと過去を洗われて、それで疑いが晴れると言うのなら、僕としてももっけの幸いである。

「では、一人娘を保育園に迎えに行かなくてはなりませんので、さくさくと報告させていただきますね」

……警戒が継続されていた。まったく疑いが晴れていない。

どうして今日子さんの警戒が、ワーキングママを装うという形で現れるのかは不可思議というほかないけれど。

「結論から申し上げますと、囲井都市子さんが、これまで関係を持った六名の男性陣を『破滅』させたという、客観的事実はありませんでした」

きっぱりと、今日子さんは言った——言い切った。多少ずっこけた気分のときに、出し抜けに切り出されたので、咄嗟に受け止めかねたけれど、それは——それは、あまりにも当然の答だった。

意外性に欠けた回答だった。

客観的事実はない。

その当たり前の結論に、僕はほっと胸をなでおろした——自分のことのように、ひと安心した。いや、だから、まさしく自分のことでもあるわけだが。

「と言うか」

僕のそんな様子を眺めつつ、今日子さんの報告は続く。

「六名のうち、『破滅』したとまで言えるのは、二名です——人数の問題でもないのでしょうが、あとの四名に関しては、『破滅』という言葉は、いささか不似合いですね。それは私の私的な感覚であり、隠館さんや囲井都市子さんが、どのように思うかまではわかりませんが――」

「はあ……、二名、ですか」

「はい」

と、頷く今日子さん。

どういうことなのかは、詳細な説明を聞かせてもらうまではなんとも言えないけれど、しかし、六名だとされていた『破滅』が、二名まで数を減じれば、印象もだいぶん違う。もちろん、今日子さんの仰る通り、単純な人数で比較はできないにせよ（人数が少なければいいということにはなるまい）、しかも、その二名についても、囲井さんの責任ではないと言うのだから。

「順を追って、一件ずつ、調査報告をさせていただきますね――私もこうして、いい報告ができることを、嬉しく思っていますよ」

注釈を付け加えるように今日子さんは言ったけれど、本当のところ、どう思っているのかはわからない。

「まずは囲井都市子さんが幼稚園児の頃の一人目の彼――、『初恋の君』についてです」

「はい。お願いします」

『初恋の君』とは、ずいぶんとまた古風な言いかたをするものだ——名探偵ならではの演出なのかもしれない。まあ、謎解きシーンで、頻出する単語が『お兄ちゃん』では、決まらないというものだ。

「調べましたところ、確かに、囲井都市子さんが幼少期を過ごした街で、近所に住んでいた今澤延規《いまざわのぶのり》という、当時小学五年生だった男の子が、交通事故に遭ったという事実はありました。信号無視による事故だったようで、今澤延規くんは、手足を骨折する大怪我をされたそうです」

すらすらと口にされる、『初恋の君』の詳細に、僕は面食らう——いや、探偵に調査を依頼するというのが、そういうことであるというのはわかっていたつもりだけれど、あれだけぼかして伝えた出来事の詳細を（伝えた僕自身、囲井さんからぼかした状態でしか聞いていないのだから、当然だ）、あっという間に調べ上げてしまっている。囲井さんの幼い頃の住所から、『初恋の君』のフルネームまで。

「た、たった六時間……、もとい四時間で、どうやってそこまで調べたんですか」

「調査の方法につきましては企業秘密ですので、何卒《なにとぞ》ご勘弁《かんべん》ください——それに、知らないほうがいいと思いますよ。決して、真っ当な方法だけで調べたわけでもありませんので」

澄ました顔でそんなことを言う今日子さん。

確かに、正攻法では、一人の人間の生育歴を四時間で調べられるわけがない――『初恋の君』に関してだけなら、四十分である。

「もちろん、正攻法のアプローチもおこないましたけれどね。隠館さんが読書にいそしんでらした図書館にも足を延ばして、過去の新聞を入念に総ざらいしたりしました」

いや、それは声をかけてくれてもいいのでは。

まるで待ち時間中の僕の動向を、密かにうかがっていたかのような振る舞いはしないで欲しい。

「で、でも、初恋だった『お兄ちゃん』が、交通事故に遭って入院したというのは、事実なんですね。じゃあ、その後、引っ越したと言うのも――」

「ええ。それは確かに囲井都市子さんの仰る通りでした――ただし、彼女の言いかただと、あたかも息子が酷い事故に遭ったことが引っ越しの原因であるかのようでしたけれど、そこに因果関係はないようです。引っ越しの理由は、今澤延規くんの、父親の異動でした――いわゆる転勤族だったようで、一家がその街に住んでいた期間も、それほど長くはなかったようですよ」

そうなのか。

いや、そう言えば、幼稚園児だった囲井さんは、ご両親からも、事故や引っ越しについての詳しい事情は聞いていないと言っていたっけ――だから点と点を繫げて考えたのだろうが、まあ、言われてみれば息子が交通事故に遭ったことが、直接的な引っ越しの理由になるとは限らない。交通事故の後遺症が残ったから、その療養《りょうよう》のために引っ越したのだと、勝手に解釈していたけれど──

けれど、だとしたら、どうなる？

「後遺症と言うのも、そこまで重いものではなかったようですよ。少なくとも、日常生活に支障を来《きた》すような程度ではないらしいです。引っ越し先の追跡調査をいたしましたところ、現在、なんら通院することなく、普通に働いてらっしゃるようですから──ええと、『初恋の君』が、その後、どういう女性と結婚され、どんな家庭を築いてらっしゃるかまで、詳しく説明しましょうか？」

「い、いえ、そこまでは」

それだけ聞けば十分だ。

と言うか、そこまで判明しているのか。

改めて、今日子さんの調査能力に舌を巻く──どういう伝手《つて》を辿れば、そこまで調べ上げることができるのだろう。

知らないほうがいいと言われても、気になってしまう。

まあ、常日頃から捜査協力をしている今日子さんは、しようと思えば警察のデータベースにもアクセスしうるだろうが……、ただ、捜査協力したことを忘れている以上、その手を使ったとは考えにくい。

「現在、健やかに暮らしてらっしゃるというなら、それに越したことはありません——働いていて、家族もいると言うのなら、確かに、『破滅』はしていませんね」

「ええ。私はそう判断します」

「だったら囲井さんが感じている責任は、多少なりとも軽減されるかもしれません。まあ、そうは言っても自分のせいで好きな人が交通事故に遭ったと思うだけでも、心苦しいでしょうが……」

「それだって、彼女のせいではありませんよ。原因は信号無視なのですから」

「尚更理不尽じゃないですか。信号無視をした自動車にはねられるだなんて——」

「信号無視をしたのは、今澤延規くんのほうです」

小学生ですからね、と今日子さん。

「むろん、道路交通法にのっとれば、ドライバーさんの過失が問われることになります。ごく短期間ですが、交通刑務所に服役なさったそうですし……、なので、まずこの件に関して言えば、囲井さんの責任が問われる余地はありません。信号無視をして道路に飛び出した『初恋の君』と、ドライバーさんの不注意が原因の、一般的な交通事故です」

ぐうの音も出ない。

呪いとか宿命とか、そんなオカルトの入る余地のない、理詰めの解決である――この調子で、今日子さんは残る五件も整理《せいり》整頓《せいとん》してくれるのだろうか。

味気ない、現実的な解決ではあるけれど、それも、名探偵の解決編であることに変わりはない。

「納得していただけましたか？　では、二番目の事件に移りますね。二人目の彼。小学四年生の頃に、飛び降り自殺した同級生――ええ、彼の場合は、痛ましくも自ら命を絶っているわけですから、『破滅』という言葉が、似つかわしくないとは言えません。むしろしっくり来るでしょう。彼――軌山《きやま》鳳来《ほうく》くんは、クラス内でいじめの標的にされていました。その情報に誤りはありませんでした。遺族が、学校や自治体を相手取って起こした裁判は、現在も続いているようですね」

十年以上裁判が続いているわけか。

聞いただけで気分が重くなるような話だ――囲井さんから受けた取材の中で、あらぬ疑いをかけられた以上、きちんと法にのっとった償いを求めるべきなのではというくだりもあったけれど、しかし、そういうずるずるした泥仕合のような話を聞くと、改めて法廷という場所自体に嫌気が差してしまう。

そりゃあ、ぱっと答が出せるものじゃあないんだろうが。

「遺書がなかったので、通常以上に難航しているようですね。訴えられた学校側としては、いじめはなかったという主張です」

「まあ、いじめがあったとは、言わないでしょうね」

あったと認めたとしても、『それが直接の原因かどうかわからない』というのが、伝統的な言い回しである——十年以上前から現在に至るまで、執拗なまでに繰り返されているパターンだ。

「いじめがまるっきりなかったということはなさそうですが、その程度問題については、部外者としては裁判の結論を待つしかないでしょうね」

今日子さんは、そんな慎重なことを言った——でも、その通りだ。

冤罪は何も、個人にだけかけられるものではない。学校や自治体という組織だから、保身のために嘘をついているのだと決めつけるのも、また同様に、誉められた行為ではないだろう。

「ただ、囲井都市子さん自身が、軌山鳳来くんがいじめに遭っていたことを知らなかったと仰っている以上、彼女もまた、私達と同じく部外者です。仲良しの同級生の飛び降り自殺を止められなかった罪悪感とごっちゃになっているのかもしれませんが、彼女と付き合ったから、軌山鳳来くんは自殺したわけではありません」

そうか。

ごっちゃにしているのは、僕も同じだった。

個々の条件を切り離して考えれば、そういうことになる——囲井さんのみならず、身近な誰かが悲劇に見舞われたときは、誰しも『何かできることがあったんじゃないか』と、感情的に背負い込んでしまいがちだが、しかし当時の状況を考えれば、いったい何ができたというのだ。

まして当時の囲井さんは小学生である。

酷い言いかたになるけれど、囲井さんと付き合っていなくても、その子は、自らの死を選んだのではないだろうか……。

「三人目の男性の話に移りますね。三人目の彼。高校時代、サッカー部の先輩……、細かく言うと、囲井都市子さんが一年生だったとき、三年生だった先輩、薄川帳三《うすかわちようぞう》くんです。校内にファンクラブ的なグループがあるような人気ストライカーだったそうですよ。囲井さんもファンクラブの一員だったんでしょうかね？　試合の最中に靭帯を痛めて、引退されたとのことでしたが……」

「ええ、そう仰ってました」

交通事故とか、飛び降り自殺とか、そういったニュース性のある情報なら、新聞なりで調べようもあるだろうけれど、しかし、いち高校生が試合中に怪我をしたというエピソードの個人名まで突き止めているとなると、いよいよ恐れ入る。サッカー部のＯＢか、あるいはファンクラブのＯＧから辿ったのだろうか。

ファンクラブに入るタイプには思えないけれど、まあ、囲井さんにも女子高生だった頃はあるわけだし。

「激しいスポーツですから、怪我をするのはむしろ当然であり、そこに囲井さんが関与する余地はないように思えます――選手の故障の責任を問われるべきは指導者であるというのが、常識的な見解でしょう。ただし、試合を観戦する後輩の女子を喜ばせるために、無茶をしたというケースは想定できますので、そこは一概には言えません」

青春時代の真っ盛りだ。

そういうことがあっても不思議ではあるまい。

既に冤罪体質を発症していた僕には無縁だった青春だが、だったら囲井さんが責任を感じるのも無理はない――『自分のせいで』と思って当然だ。

デリケートな思春期なのだから。

既に三回目ゆえに、幼稚園児の頃や、小学生の頃の出来事も、念頭にあるだろうし。

「しかしですね、隠館さん。仮に薄川帳三くんの故障に、何らかの形で囲井都市子さんが関与していたとしても、それはあくまで、それだけの話なのですよ――それだけの話でしかないのです。三人目の彼にとって、それは『破滅』とは言えません。確かに、その怪我が原因でサッカー部を引退することにはなりましたけれど、元々、三年生ですからね。近々引退する手筈《てはず》だったんです」

「……………」

「ちなみにサッカー部は、次の試合で敗戦し、他の三年生も引退しましたから、ほとんどタッチの差です。加えて言うと、靭帯の怪我は術後の経過もよく、彼は大学生になってからもサッカーを続けて、現在はプロのクラブチームで、プレイしているようですよ」

なんだそりゃ、破滅どころか、順風満帆《じゅんぷうまんぱん》じゃないか。

追跡調査もしてみるものだ。

まあ、部活動の最中に怪我をするなんて、高校生にとって悲しい出来事であることは間違いないけれど、それで人生が終わってしまうわけではないのだし、長いスパンで考えたとき、そんなのは取り返しのつくアクシデントだったと捉えて、いくらでもやり直すこともできよう。

だからと言って、多感な高校一年生が、当時受けたであろうショックがすっきり消えてなくなるわけではないにせよ……、それでも、三人目の彼の現状を知れば、印象はがらりと変わる。

「四人目の彼については、私から申し上げることはほぼありません」

と、今日子さんは流暢に続ける。

「名前は嶋原通《しまはらとおる》くん——もう大学生ですし、『さん』ですかね」

「えっと、優等生だったけれど、大学で囲井さんと付き合い始めた途端、成績が下降して留年を繰り返し、大学を辞め、行方不明になった……、という彼ですよね。じゃあ、この彼が、六人のうち、『破滅』したと言える、二人目なんですか？」

「ぜんぜん。むしろ、もっとも『破滅』から遠いかたなんじゃないでしょうか。だって、成績優秀だった学生さんが、女の子と交際したことで不調を来すっていうのは、普通のことでしょう？」

「…………」

普通の——ことか。

いや、そこまではっきり言い切るのもどうかと思うけれど。

言いかたの問題でもあるだろうし。

「隠館さんはこういう話が聞きたいんだと思いますが、囲井さんが、ちゃんと『付き合った』と言えるのは、この嶋原通さんが初めてだったようです。幼稚園時代と小学校時代、高校時代は、恋人関係と言うには、それぞれ可愛らしかったようですね」

別に隠館さんはそういう話を聞きたいわけではないのだが（二時間かけて僕を調査した結果、いったいどのような結果が出たというのだろう）、やはりそうか——それは予想していたことでもある。

「だからと言うわけではないのでしょうが、結構、のめり込む感じの交際だったようでして……、それでも、囲井さんのほうは成績を維持できていたらしいです。ただ、お相手の彼のほうは、生憎そうはいかなかったらしく――でも、大学を中退するかたなんて、世の中にはいっぱいいますから」

「確かに、中退だけをもって『破滅』だなんて、とても言えないでしょうけれど……、その後、えっと、嶋原さんは、行方不明になっているんでしょう？　日本にいないとか、そんな話も――」

「ええ。その噂は、真実です。ただ、『日本にいない』とだけ聞けば、あたかも亡命したかのようなニュアンスですが、嶋原通さんの場合は言葉面ほど悲観的なものではなく、若者の海外放浪と言ったほうが、正解に近いようです」

「……バックパッカーみたいな感じですか？」

「まさしく。大学を辞めて、『自分探し』を始めたというのが、旅のスタート地点だったようです」

　そう聞くと、ますます普通だ。普通のことだ。

　しかも、今日子さんは、

「どうやらその『自分』を、嶋原さんはアフリカ大陸で見つけたようで、現在はボランティアに近い形で、ＮＧＯキャンプに参加しているようです。現地でどれだけの人の助けになっているかと思えば、そんな彼の人生が台無しになっているだなんて、誰も思わないでしょうね」

と言った——ううむ。

それは普通ではなく並々ならぬ、自分探しが成功した珍しいケースだ。講演会で今日子さんは、『自分探し』をしている余裕はないと言っていたが、もう忘れているにしても、そういう話を聞いて、どう思うのだろう。

まあ、過去の三例と違って、このケースでは、彼の人生のターニングポイントに、きっかけとして囲井さんとの交際が直接的に嚙んでいると、言って言えなくはなさそうだが、ただ、呪いと言えるほどに特異な例ではない上に、探した末に発見した『自分』が立派過ぎて、言葉もない。

むしろ飛躍のきっかけになっているのではなかろうか。

「しかし、今日子さん。よく、海外のことまで調べられましたね」

並の探偵なら、六時間どころか、六日かけてでも調べられないような詳細情報だ。

そう言えば、紺藤さんが昔、海外で、今日子さんらしき人を見たことがあると言っていたっけ……、何か関係あるのだろうか？

今日子さんは、僕の質問には答えず（『企業秘密』なのだろう）、

「ともあれ、四人目の彼のその後の人生は、一般的なそれとは言い難いですけれど、不幸であるとは、もっと言い難いものです」

と、まとめた。

「そもそも、大学という環境が彼の肌に合わなかったようですしね――囲井都市子さんと出会ったのも、国家間の格差問題に取り組むサークルにおいてだったようで、元々海外や、ボランティアに興味があったのだと思われます。囲井さんとの交際が、ひとつの原因であったことは確かでしょうが、彼のほうは、それを囲井さんほどには、後ろ向きに捉えていないんじゃないでしょうか」

だとすれば、悲しい認識の齟齬《そご》である。

本人が気にしていないことで気を病むとは。

そんな真面目な感じのサークルに属していたと聞くと、当時から囲井さんは真面目だったんだなと、納得する気持ちもあった。

人気ストライカーのファンクラブに入っていても、それはそれで一面なのだろうが。

「それに比べれば、五人目の彼には、『破滅』という言葉を使ってもいいと思います。五人目の彼……、峰田《みねた》添記《そえき》さんが、会社を自主退職に追い込まれたというのも、事実のようです――現在の生活も、ええ、とてもバラ色の暮らしをしているとは言えません。ただ、このケースは自業自得と言いますか……、なにせ、会社内で、囲井都市子さん以外にも、複数の女性と関係を持っていたことが、自主退職に至った大きな要因ですから」

「自業自得……ですね」

ただ複数の女性と関係を持っていたと言うだけでなく、それが、社内での振る舞いだと言うのであれば、多岐にわたるハラスメント的な疑いも出てくる。

囲井さんは、彼の部下なのだったか……。

だとすれば、『破滅』するべきだとまでは言わないにしても、少なくとも同情の余地がない。自主退職くらいで済んだのであれば、彼はむしろ、運がよかったのではないか。

「そう言えば、隠館さんもよくお仕事を変わられているようですね」

なんだそのほのめかしは。

僕は居づらくなって自ら辞めているだけである。

仕事と恋愛はきっぱり切り離す主義だ——いや、仕事がないので、切り離すまでもないのだが。

ただ、居づらくなってということで言えば、最初の就職先だったその大手出版社を、囲井さんが辞めて、今の雑誌社に移ったのは、同じように『居づらくなって』のことなのかもしれない。

そういう推測は成り立つ。

だとすると、むしろ彼女は被害者であって……、でもこの頃には、もうすっかり、マイナス思考が身についてしまっていたのだろうか？　因果応報としか言えないそんな

『破滅』も、自分の責任として、抱え込んでしまったのだろうか——あるいは、上司が他の女性とも関係を持っていた事実を、囲井さんはいまだ知らないのかもしれない。

「六人目の彼に進んでよいでしょうか？」

「あ、はい」

ついつい考え込んでしまったが、とりあえず、ここまで来たら六人目の彼——最後の一人について、先に聞いてしまったほうがいいだろう。

新しい職場に就職してから知り合った、ベンチャー企業の創業者だったっけ。

青年実業家。

結婚の約束までしていたというのだから、もっとも真剣な付き合いだったと見るべきか（『お兄ちゃん』とも結婚の約束をしていた事実については、いったん脇に置こう）。

付き合い始めてから会社の業績が悪化したという部分をピックアップすれば、大学時代の彼——四人目の彼と近いものがあるけれど、ただまあ、学生時代と違い、お互い大人だったはずだ。

恋愛に溺《おぼ》れて、会社の運営をないがしろにしてしまったというようなことはないのでは……、いや、色んな人間がいるから、確かなことは言えないけれど。それを言い出したら、五人目の彼のときだって、当事者達はみんな『大人の関係』として、割り切っていたかもしれないのだから。

「六人目の彼……、亀村優久《かめむらすぐひさ》さんは、一時的に『破滅』したという言いかたはできるかもしれません――会社を潰してしまい、婚約も破棄することになったわけですからね。ただ、彼は現在は、同業の新たな会社を立ち上げようとしています」

「え……、も、もうですか？」

「はい。すばらしいバイタリティですね――私も一国一城のあるじとして、見習いたいばかりです。明日には忘れますけれど」

「…………」

「囲井都市子さんとお付き合いしている最中に潰したという会社も、亀村優久さんにとっては初めての設立ではなかったようですし……、結婚どころではなくなってしまったのは事実でしょうけれど、しかし、彼にしてみれば、リカバリができないほどの甚大なダメージではなかったと思われます」

「ふうむ」

唸《うな》ってしまう。

囲井さんから見て年下ということは、僕から見ても年下なのだろうけれど、どうやら大した男のようである。

僕もまた、今名前を知ったばかりの彼を、見習うべきなのかもしれない。なんなら、次の就職先として、彼の会社を希望してみようか。大した男が、僕を雇ってくれるかどうかはともかくとして。

「念のための質問ですけれど、会社を潰してしまった件に関して、囲井さんが要因になっているということは、ないんですよね？」

「少なくとも、私が調べた限りでは、業績の悪化は、人的要因によるものではありません――大口の取引先が不渡りを出したことによる、連鎖倒産です。囲井都市子さんはもちろん、亀村優久さんのせいとさえも言えませんね――もちろんトップですから、責任は取らなくてはいけないのですが、その弁済は、囲井都市子さんと別れたのちに、きっちりと終えていますす」

「当然、その大口の取引先の倒産にも、囲井さんは無関係ですよね？」

念には念を入れてそこまで訊いてみたら、「そこまでは調べてませんでしたが、なんでしたら追加調査いたしましょうか？」と言われてしまった。

まあ、うがち過ぎか。

そこまでの影響力があれば、もはや呪いでさえないだろう。

となると、六人目の彼は『破滅』なんてしていない上に、囲井さんのせいでもないということになる。

囲井都市子さんのせいで六人の男性が破滅したという客観的事実はない――と、最初に述べた今日子さんの調査結果は、聞けば聞くほど、納得できるものだった。すべては囲井さんの思い込み、あるいは、勘違いなのだ——その上、大半の人物は『破滅』さえしていないというのだから、囲井さんが気に病む必要なんて、まったくない。

よかった。本当によかった。

まあ、だから、こんなのは当然の結果ではあるのだけれど、はっきりと、エビデンスでもって、理詰めでそう証明してもらえれば、こうも安心するものなのだろうか。

僕がそんな風に、改めて今日子さんの探偵力に感嘆していると、

「それでは、七人目の彼である隠館厄介さんについてですが——」

と、今日子さんは更に続けようとした。

「あ、いえ、僕は七人目の彼ではないです」

焦って否定する僕に、「あら、そうなのですか」と、今日子さんはくすくす笑った。

「てっきり、隠館さんは囲井都市子さんから、熱烈に求婚されたのではないかと、私は推理していましたけれど」

「…………」

しまった、黙ってしまった。

これでは雄弁に肯定しているのと、なんら変わりない——即答みたいなものだ。しかし、どうしてそんな推理が成り立った？

「おやおや、図星でしたか？　まあ、囲井都市子さんから頼まれて依頼に来たというの

が嘘だというのは、最初からわかりきっていましたが、今のは鎌《かま》をかけてみただけなのですけれど」

鎌のかけかたが巧み過ぎる。

いや、まあ、推理力もさることながら、ハッタリのきかせかたもまた、名探偵に欠かせない要素のひとつではある——だけれど、どうして僕のついた嘘がばれたのだ？

まあ、考えてみたら、依頼人として僕がついた嘘が今日子さんにばれなかったことなんて、これまで一度たりともないのだが。

それでも疑問だ。

いくらなんでも、レストランの個室、つまり密室内でおこなわれた会話の内容である——ハッタリでだって、言い当てられるものでもなかろうに。

「やだなあ、ちゃんと情報公開したはずですよ。余った時間で、隠館さんのことも調べさせてもらったって——『破滅的状況』とか、控え目に仰っていましたが、囲井都市子さんがお付き合いをしてきた男性陣どころではない、波瀾万丈の人生じゃないですか。まさかここまでとは思いませんでした。おそらくは私は、何度かあなたの冤罪を晴らしたことがあるのでしょう——」

私が忘却した過去の事件に触れてしまいそうになったので、その辺りで調査は打ち切りましたけれど——と、今日子さんは種明かしをする。

「そんな隠館さんの半生を思えば、囲井都市子さんが、隠館さんのことを単なる相談相手としてだけ捉えるのではなく、『この人なら、わたしの呪いを無効化できるんじゃないか』と、捨《す》て鉢《ばち》になってもおかしくはないとお察ししました——プロポーズと言うのは、推理が的外れだったときのために、わざと大袈裟に言ってみたんですけれど」

そう言うことか。

捨て鉢という表現には一言申し上げたい気持ちもあるけれど、納得はできた。

「だから、隠館さんとしては、私に囲井都市子さんの身辺調査を依頼することで、呪いなんてそもそもない、つまり結婚しても自らに被害が及ぶことはないのだということを確認すると同時に、彼女にがっつり恩を売ることで、一気に婚約を成立させようというお考えなのですよね？」

僕はそんな邪悪な人間に見えるのだろうか。

なぜ、ほとんど山勘のような推理で、そこまで正確に正解を導き出しておきながら、最後の最後で外してしまうのだろう。

第一印象の大切さを思い知る——こうなると、早く明日になれという気持ちにもなってくる。

ただし、考えてみれば、冤罪をかけられて依頼したときも、今日子さんはまずは僕の身辺を洗うところから始めるのがお決まりの手順なので、これもいつも通りのパターンと言えばいつも通りのパターンなのか。

　でも、釈明はしておこう。

「プロポーズされたというのは当たっていますが、僕はその話をお断りするつもりで、今日子さんに依頼したんです――そうも明らかな勘違いに基づくプロポーズを、お受けするわけにはいきませんから」

「えっ！」

　両手で口元を押さえて、驚愕《きょうがく》する今日子さん。

　そこまで驚くようなことか？

「わけがわかりません……、法則に反しています。隠館さん、よく考えてください。あなたには、こんなチャンスは二度とないんですよ？」

　今日子さんは真剣な眼差しで、説得するように言ってきた。彼女が余り時間を利用してどういう調査をしたのかは知らないけれど、『こんなチャンスは二度とない』とまで断定される覚えはない――なぜ僕がプロポーズを断ることが法則に反しているのだ。

　何の法則だ。

「だって、他にいると思いますか？　あなたの冤罪体質を知った上で、あなたと結婚してくれるなんて女性が。まず私だったら絶対に無理ですし」

　いよいよ僕に対する嫌悪感を隠そうともしなくなった、『今日の今日子さん』だった

——明日の太陽よ、早く昇れ。

この誤解を今日中に解くのは不可能だ。

「大切な一人娘の父でもある私の夫が、私のような忘却体質の人間を心から愛してくれる得難《えがた》い存在であるように、あなたにとって囲井都市子さんは、貴重な運命の相手なのかもしれないんですよ？　その好機をふいにしてしまっていいんですか？」

父とか夫とか、嘘に変なリアリティを持たせてくるのはやめて欲しい。

嘘というのは、こうやってつくのか——きっと、バレようとも吐き通す精神のタフさが必要なんだな。

ただ、嘘に説得力が出たせいで、肝心《かんじん》の説得のほうから説得力が失われているのだけれど……、とにかく、僕は、

「なんと言われようとも、囲井さんからのプロポーズをお受けするつもりはありません」

と、声を大にして言った。

今や何を言っても僕のイメージはよくはならないと重々承知した上で、それでも少しくらいは、『今日の今日子さん』の前で、格好つけたかったのだ。

「これまでずっと辛い恋愛をしてきた彼女には、これからは幸せになって欲しいですから——だから間違っても僕の冤罪の、巻き添えにしたくないんです」

3

まったくその通りですねごもっともですすんなり納得しました人として当然のことですので完全に腑《ふ》に落ちましたからそれではお会計を 滞《とどこお》りなくお願いしますという段になったので、僕は先程下ろしてきたお金を入れた封筒を、今日子さんに手渡した。信用金庫に勤めていたときでも見なかった華麗なる紙幣捌《さば》きで、中身を入念に確認する今日子さん――信頼感がゼロ過ぎて、ここまで来ると清々しい。

「はい、確かに。ありがとうございました。そろそろ私は一人娘を迎えに行かなくてはなりませんので、どうぞ早々にお引き取りください」

報告に要した時間は、終わってみれば三十分程度だったので、現在時刻は六時半――子供を保育園に迎えに行くにはかなり遅い時間帯だが、きっと何らかの事情があるのだろう。たとえば一人娘なんていないとか。

そんなわけで、僕は追い出されるように（追い出されたのだろう）、置手紙探偵事務所をあとにした――次に来る頃には、ビルディングの外壁からブルーシートが外されているだろうか。

いや、次に来る機会なんて、本当はないほうがいいのだが。

僕は自宅に戻った。

セキュリティなんて何もないも同然のアパートの、狭苦しい一室である——オートロックも防犯カメラも望むべくもない。

一応、ドアに鍵《かぎ》はついているけれど、心得のない僕でもピッキングできてしまいそうな代物《しろもの》だし、ドアチェーンは、ちょいと引っ張れば引きちぎれそうな鎖だった。

掟上ビルディングとの差が際立つ。

こんな環境で暮らしている僕が、どうしてあんな整った環境で暮らしている今日子さんにお金を払い続けているのだろうと、たまに首を傾げたくなる。

まあ、引っ越すのが億劫なだけで、僕にだってもう少し広い部屋に住めるくらいの蓄えはあるのだけれど……、なにせ僕はいつ探偵を呼ばなくてはならないか、わからない身上である。

いざというときのために、最低限の貯蓄は残しておかないと。

ただ、そんなことを繰り返していると、いったい何のために働いているのか、わからなくもなってくる——冤罪をかけられるために働き、探偵に依頼するために働いているつもりはないのだけれど。

パターン化。

なまじ今日子さんが忘却探偵なものだから、リピートしている感は極めて強い——まあ、今日は相当のイレギュラーだったけれど、終わってみれば、いつもよりもスムーズだったくらいだ。

いつもこうならいいのだが。

いや、いつも嫌われたら困る。率直に言えば、二度と御免《ごめん》だ。

そんな風に切り替えて、遅めの夕食でも作ろうかと思ったとき、充電器に繋いだばかりの携帯電話に着信があった。

この前受けた面接の結果だろうかと手に取ったが、液晶画面に表示された名前は『囲井都市子（堅実な歩み）』だった。

そうだ。取材が終わったときに、囲井さんから、数日中に原稿の形にまとめて、連絡すると言われていたのだった――その後、移動した先のレストランで受けた相談とプロポーズのお陰で、仕事の件が頭からすっぽり抜け落ちていた。

そりゃあクビになるわ、こんな奴。

ただ、何時間にも及んだインタビューを、たった二日でまとめたと見られる事実は、囲井さんのライターとしての優秀さを示す指標でもあるのだろう――あるいは、僕がプロポーズの返事を先延ばしにしたことに対する、抗議の意味合いもあるのかもしれない。

何にしても、困った。

今日子さんに調査を依頼し、呪いの宿命なんてないことを証明してもらったものの、それをどういう形で囲井さんに伝えたらいいのか、まったく考えていなかったことに、今、気付いた。

気の回し過ぎかもしれないけれど、若い女性にとっては、異性から無許可で身辺調査をされるというのは、あんまり気分のいいものじゃあないのではないだろうか——第三者で、プロフェッショナルの今日子さんからして、あんな感じだった。

まして本人はどんな気持ちになるのだろう。

しかも、密室で交わされたプライベートな打ち明け話を、僕はほとんどそのまま、『第三者』に伝えてしまっている。

そんな奴はどう思われるんだ。

どういう手練手管で如何なる権謀術数《けんぼうじゅつすう》を用いれば、僕の行動のすべてが『あなたのため』だったと、囲井さんにわかってもらえるのか、僕は数秒間頭を悩ませたが、しかし次の数秒間で諦めて、電話に出た。

無理だ。言い訳の余地がなさ過ぎる。

どんな往生際《おうじょうぎわ》の悪い犯人でも音を上げる状況である——訊かれてもいないのに、滔々と自白するしかない場面だった。

土台、『あなたのため』なんて、極めて偽善的な釈明が通るのは、見返りを求めない場合だけだ——今日子さん相手に見栄を張る（『見得を切る』にあらず）くらいならまだしも、囲井さん相手に、自分の理を打ち立てようなんて、勝手極まる。

僕が抱いた目論見は、今日子さんのお陰でもうおおむね果たされているのだから、それでよしとするべきだ——今の僕にできることは、着信に気付かなかった振りをすることではない。

今僕ができることは、そしてするべきことは、僕がおこなった暴挙を知って囲井さんが激高し、怒りに任せて電話を切ってしまう前に、あますところなくすべてを早口で喋り終えることだけだった。

最速の探偵には及びもつかないけれど、最速で自白する犯人にならば、僕だってなれるはずである。

この際だから、今日子さんの講演会で、その後ろ姿（もっと言うなら『その黒髪』）を目撃していたことも、合わせて自白してしまおう。これが最後の会話になるかもしれないのだから、思い残しのないようにしよう。嫌な思いは、するのもされるのも、一回で十分だという気持ちもある。

予想通り、冤罪に関する特集記事がまとまったので原稿を見て欲しい、明日お渡しするので、来週までにチェックして返して欲しいというような、仕事の話から入ろうとする囲井さんに対して、僕はすべてを打ち明けた——いや、洗いざらいぶちまけたと言ったほうが正しかろう。

己の過去を整然と説明してくれた囲井さんや、丁寧に解説してくれた今日子さんとは並ぶべくもない、順不同でごちゃごちゃの、言いたいことを思いついた順に言うだけの、無手勝流《むてかつりゅう》の『自白』だった。

まあ、速度だけは早かった。

そのせいで肝心の内容がよりわかりにくくなったかもしれないけれど——囲井さんからどういう形であれ、途中で遮《さえぎ》られるのを避けるためにほとんど息継ぎなしでおこなった、一方通行の演説だった。

ともかく伝えたかったのは、彼女が酷く気に病んでいる六人の男性の『破滅』は彼女のせいではないし、そのうち大半は『破滅』さえしていないという事実である——それだけは、なんとしてもわかって欲しかった。

伝わったと思う。

白状すれば、虫のいい思いもあった。

相手のためを思ってやりたいことをやっただけなのだから、感謝されようなんて思っちゃいけないと言う前言に嘘偽りはないつもりだけれど、それでも僕だって人間なので、万が一くらいは、あわよくば何かの間違いで、囲井さんからお礼を言ってもらえる可能性もあるんじゃないかという期待が、なくはなかった。取材を受けたときの印象で言う限り、彼女は冷静で、真面目で、理知的で、公平な判断のできる物分かりの良い大人なのだから。僕が早口で展開する話を、最後までほぼ黙って聞いてくれていたことからしても、『ひょっとしたら、案外』と思った。

しかし怒られた。

激怒された。

誰かのために無私の気持ちで動いて、人は人から、こんなにも怒られることがあるのかと思うくらいに怒られた。

どんな犯罪の疑いをかけられたときでも、ここまで怒られたことはないのではなかろうか——実のところ、泣かれたらどうしようかという心配もしていたのだが、こっちが泣くところだった。

ただし、囲井さんが怒ったのは、僕が勝手に彼女の身辺調査をおこなったこと、許可も取らずに彼女のプライベートな話を、よりにもよって今日子さんのところに持ち込んだことではなかった——いや、それだって十分、囲井さんを不愉快にさせたことは間違いないだろうけれど。

囲井さんがもっとも怒ったのは、彼女からのプロポーズを、僕がそんな理由で、断ろうとしたことだった。

「わたしが嫌なら、はっきりとそう仰ればいいじゃありませんか——それがなんです、わざわざ探偵に依頼してまで、理詰めで断ろうとするなんて。女性を馬鹿にしています」

古今《ここん》まれに見る極悪人みたいに言われている。そんなつもりはなかったけれど、しかし、これは今日子さんにされた誤解とは違って、そう思わせてしまった時点で、不誠実の誹《そし》りはまぬがれないだろう。

傷つけるつもりはなく、むしろ、僕は囲井さんのような人には、何が何でも幸せになって欲しかったのに。

「今日子さんに依頼を持ち込んだことは、まだ許せます。探偵は探偵でも、他ならぬ忘却探偵だったと言うのなら。わたしだって、できることならそうしたかったんですから――だけど、わたしからのプロポーズを断るために、そんなことをしたというのは、絶対に許せません」

囲井さんは鬼気迫る声音で言った。

「隠館さん。隠館厄介さん。明日、わたしがあなたにインタビュー原稿をお渡しするまでに、適切な断り文句を考えてください。わたしが納得する答をいただけないようでしたら、そのときは、どんな手を使っても、あなたを破滅させます」

4

報道の人間が、『あなたを破滅させます』と宣言したとき、果たしてどの程度のことができるのか、想像を絶する。

なんてことだ。

これでは本当に『七人目の彼』になってしまう。

あなたは好きな人を破滅させてなんていないと、僕は囲井さんに教えてあげたかったはずなのに、どうしてこんなことに……、本末転倒どころか、完全に逆効果だった。

物事がこんなに裏目に出ることとってあるのだろうか——お金を払って、ふたりの女性から嫌われるって、いったいどういう赴向なのだ。

勝手な行動を取った結果、どんな風に思われても構わないと思っていたけれど、ここまでの事態になると、さすがに自分を守るために、知恵を絞らざるを得ない。

自衛策を講じなくては。

なるほど、言われるまで気付かなかったのはどうかしていたが、プロポーズの断りかたとしては、およそ最悪だった。『これこれこういう理由で、甲が乙におこなったプロポーズは前提に誤りがあるため、無効である』なんてプレゼンで、膝《ひざ》を打つ求婚者がいるわけがない。よしんば、理が通っていたとしても、『あなたの自意識が強過ぎただけで、呪いなんてものはないんですよ』という説明が、胸を打つはずもなかった。むしろ彼女にとっては、ただただ屈辱的《くつじょくてき》だったのではないか。

だからと言って、じゃあ、『納得する断りかた』って、なんなのだ？　『適切な断り文句』って、なんなのだ？　そんなものあるのか？　傷つけるつもりはなかったと言っても、そもそもされたプロポーズを、傷つけることなく断るなんて無理だろう。

不可能犯罪よりも不可能だ。

こうなってしまえば、恥も外聞もなく、紺藤さんに間に入ってもらうしかないのだろうか……、元々囲井さんは紺藤さんからの紹介だったわけだし、それに、様々な局面でモテてきたであろう男の中の男、いざというときの紺藤さんなら、ここから脱出できる手段を知っているかもしれない。

ただ、僕が恥をかく分にはともかく、仲介者としての紺藤さんに、恥をかかせるのは本意ではない……、ただでさえ世話になりがちなのに、これ以上迷惑をかけたくない。いや、しかし、だからと言って、これは探偵を呼ぶような事態ではない。呼んだ探偵が、僕を非難しかねない。

頭の中ではそんな風に、ぐるぐると思考が渦巻いてはいたものの（堂々巡りとも言う）、はたから見れば、僕は携帯電話を握り締めて、がたがた震えてうずくまっている巨体の男だった。

囲井さんから着信があったのは午後八時頃だったけれど、夕飯も作らないまま、風呂《ふろ》にも布団《ふとん》にも入らないまま、気付けば時計の針は、てっぺんを回って、深夜の二時を指し示していた。

六時間うずくまっていた計算になる。

今日子さんの調査を待っていたのと、だいたい同じくらいだ——ただ待つ六時間は長かったけれど、震えて過ごす六時間はあっと言う間だった。

タイムリミットがあることを思えば、できれば今こそ、相対時間にはゆるやかに過ぎて欲しいものだが。

このままだと、朝だってすぐに来てしまいそうだし、囲井さんと約束したインタビュー原稿の受け渡し時間、つまり、タイムリミットだって、またたく間に訪れてしまいそうだ。思考にタイムリミットがあるということが、こんなにもプレッシャーになるのかと今更ながらに痛感する僕の、考えているようで考えていない意識を覚醒《かくせい》させたのは、再びの着信だった。

午前二時。

妖怪《ようかい》に遭うよりも怖い思いをしている現在の僕にとって、丑三《うしみ》つ時なんて概念はまったく気にならないことこの上ないけれど、しかし、それでも午前二時に着信なんて、尋常ではない。

すわ、囲井さんからの、催促の電話かと怯《おび》えた僕だったが——違った。

催促ではなく、最速だった。

液晶画面に表示されたのは、『掟上今日子（忘却探偵・置手紙探偵事務所）』だった

――今日子さん？

「も、もしもし？」

「隠館さん、探偵の掟上今日子です」

反射的に受信ボタンを押した僕に、聞こえてきたのはそんな名乗りだった。

そんな名乗りだったが、『初めまして』と言わない――つまり、彼女の記憶は、夕方別れたときから、継続している。

そんな僕の考えを裏付けるように、今日子さんは、

「日付は変わってしまいましたが、まだ、『今日』でいいですよね？」

と、神妙な声で言った。

神妙な声と言うより、それは眠そうな声と言うべきかもしれない。

「実は今、隠館さんのアパートの前まで来ています」

「え？　今日子さん、今、なんと仰いました？」

「隠館さんに、お伝えしなくてはならないことがあるんです――私が忘れてしまう前に」

第四話　隠館厄介、好かれる

1

一人暮らしの男性の部屋と言うのは、とかく散らかりがちだというイメージがあるかもしれないけれど、僕の部屋は違う。先述した通りに手狭《てぜま》なので、掃除が隅々まで行き届きやすいというのはあるけれど、しかし部屋の狭さは、雑多になりやすいという側面もはらんでいて、決して整理整頓がたやすいというわけではない。

僕はそんな几帳面《きちようめん》な性格ではないし、さして潔癖性というわけでもないので、就職活動で忙しい中、片付けにいそしむという日課は、タイムスケジュールにおいてはなかなかの負担でもあるのだけれど、しかし、少なくとも一定の清潔さはキープしている。ものも増え過ぎないように、気を配っている――なぜか。

決まっている、こちとら、いついかなるときに冤罪をかけられるかわからない身なのだ――部屋に踏み込まれて、そこが『いかにも』な感じだったら、疑いが深まってしまうではないか。

疑惑が増大するような部屋に住むわけにはいかない。

贅沢をしている印象を与えないよう（つけ入る隙を与えないよう）、あえて慎ましやかな間取りの部屋から引っ越さずにいるというのも、あるのかもしれない。

かと言って、家具がなんにもない、消毒室みたいな部屋だと、それはそれで異常性が際だってしまうので、適度に調度を配置するという気配りが必要だった。

李下に冠を正さず、ではないけれど。

一時期、精神的に参っていたときは、壁にはＴＶ局や新聞社のポスターを貼っていたものだ――こうしておけば、有事の際にも部屋の様子が報道に載ることはないのではないかと想定したのだ。

好印象を狙った。愛することで。

さすがに、そこまですると逆に危険人物の部屋みたいになってしまったのですぐにはがした――本当にどうかしていた。そんなことをしても、疑われるときは疑われるし、結局、整えたら整えたで、『このような古アパートで、モデルルームみたいな暮らしをしている』とかなんとか、言いようはいくらでもあるのだ。

無駄な努力である。

実際、無駄だった――僕は今、報道に携わる人間に、破滅させられそうになっているのだから。

取材でさんざん語った通り、何をしようと、冤罪をかわすことはできないのだ。

今回の件に関しては、あながち冤罪とは言い切れないのがつらいところではあるけれども——ただ、無駄な努力も、思わぬ形で功を奏《そう》することもあるらしい。

午前二時という、およそ考えられないような時間にあった、およそ考えられないような来客を迎えるにあたって、あたふたせずに済んだのだから。

いや、あたふたせずには済まなかった。

忘却探偵——今日子さんを自分の部屋に招き入れる事態なんて、まるっきり想定していなかったのだから。

2

「このような古アパートで、モデルルームみたいな暮らしをしているなんて、とっても怪しいですね」

靴を脱いで室内に這入った今日子さんは、内装を見渡しながらそう言った——やっぱりそう思われるのかと、がっくり来るような感想だけれど、しかし、その嫌悪感を隠そうとしない言動からして、彼女がまだ、『今日の今日子さん』であることは察せられた。

昼間に事務所で会ったときから、記憶が継続している——嫌われっぱなしだ。

もちろん、おかしいことではない。

一日で記憶がリセットされる忘却探偵は、厳密に言えば、眠るたびに記憶がリセットされる忘却探偵だ——逆に言うなら、眠りさえしなければ、彼女の記憶は失われないということである。

理論上、徹夜を繰り返せば、彼女の記憶はいつまでだって継続することになる——当然ながら限界はあるけれど、たとえば僕は、彼女が一週間近く、眠らずに活動し続けた姿を目の当たりにしたことがある。

最後のほうはぐだぐだのふらふらで、記憶は保たれていても正気を保てていたとは言い難かったのだが……、ともかく、医学的にどう解釈するべきなのかは不明だけれども、システムはそうなっている。

なので、時計の針がてっぺんを回ったからと言って、すぐさま僕との、掟上ビルディング内、置手紙探偵事務所応接室でのやりとりを、今日子さんが忘れてしまうことはないわけだ——だが、腑に落ちないのは、その点ではない。

僕が浮き足立たずにはいられないのは、『昨日の今日子さん』にせよ、『今日の今日子さん』にせよ、『明日の今日子さん』にせよ、どうして彼女が、僕の家を探訪したのかが、さっぱりわからないからだった。

僕も今日子さんとはかなり長いけれど（一方的にだ。彼女からすれば、いつもいつまでも『初めまして』である）、しかし、どんな事件でどんな疑いをかけられたにしても、彼女が僕の部屋の中に這入るという展開は、一度もなかった。

部屋に誰かを入れなければならないような事件の際には、僕は同性の探偵に依頼する傾向があるからなのだけれど——それだけに、よりにもよって今日子さんがやってくるというのは、それだけで一種の独立した事件と言えた。

落ち着け。

ひとつずつ、疑問を解消していこう。

今日子さんが僕の住所をどうやって突き止めたのか——これは簡単だ、記憶が継続しているのならば、何の不思議もない。囲井さんの身辺調査を依頼する際に、クライアントとして、僕の連絡先はちゃんと伝えてある——明日になれば忘れてしまう情報だが、眠るまでは、今日子さんの脳は、それを忘れない。電話番号も、そのときに伝えた——ぎりぎりにかかってきた、断れるはずのない電話をアポイントメントというのは、いくらなんでも無理があるけれど。

次に気にすべきなのは、『どうやってここまで来たのか』かな？　公共の交通機関が動いている時間ではない。

かと言って、記録を避ける忘却探偵はタクシーに乗ることを、基本的に好まない——

それとも、今でも、録画カメラの搭載されていないタクシーは、探せばあるのだろうか？　まさか、歩いてきたのかな……、いや、でも、靴脱ぎに揃えられた今日子さんの靴は、ハイヒールとは言わないにしても、長距離の歩行に耐えそうなものではないのだけれど。

「ヒッチハイクで来ました」

訊いてみると、今日子さんはさらりとそう答えた――その手があったか。

その足があったかと言うべきだが。

こんな深夜によく乗せてもらえたものだ――美人は得だという逸話なのかもしれないけれど、しかしながら、夜中にヒッチハイクというのは考えてみれば、結構危なっかしい行為でもある。そんなリスクを冒《おか》してまで、僕の家を訪れなければならない切実な理由が、彼女にはあるのだろうか――まさか『忘れ物を届けに来ました』というわけではないだろう。

忘れ物、どころか。

忘れてしまう前に――と言っていた。

「えっと……、お出しできるコーヒーとか、ないんですけれど……」

コーヒーどころかカップもない。

今日子さんに限らず、我が家は基本的にお客様を迎えるようにはできていない――見栄えばかりを気にして、実際的ではないのだ。予告されていたならまだしも、不意の来客に対して、隠館邸はあまりに無防備だった。

「どうかお構いなく」

そう言って今日子さんは腰を下ろした——座布団もない、ただの床に。

我が家にある机や椅子《いす》は、壁際に設置されたひとり用のライティングデスクだけである——なるほど、実際にお客様を迎えてみないと、わからないものだ。

この先、いつ冤罪で家宅捜索を受けてもおかしくないのだから、これからは来客用のカトラリーをどっさり用意しておくことにしよう……、いや、用意するのなら、もっと常識的な理由で用意したほうがいい。

まあ、白髪の美女が何もないただの床に、ただ座っているというのは、結構絵になるものがあった。僕が画家だったら、迷わず筆を執《と》っていることだろう——画家ではないので、実際にはどぎまぎして、直視できない感じだったが。

もっとも、違和感はあった。

今日子さんは、コートを着たままで座っているのだ——家具は少なめに抑えているけれど、一応玄関口に、コート掛けくらいはあるのだけれど。室内に這入っても、知らない場所では頑なにコートを脱がない人というのは世間に一定数いるにしても、ファッション系のマナーを重んじる今日子さんは、そうではないはずなのだが……、それとも、嫌いな奴の部屋は例外なのだろうか？

まあ、薄手の真っ赤なロングコートは、室内着としても十分に成立しているので、マナー違反とあげつらうほどのことでもないのだけれど……、そんな僕のいぶかしげな視線を受けて、今日子さんはコートの裾《すそ》に触れ、

「失礼」

と言う。

「急いで出てきたものですから、このコートの下、パジャマなんです」

「…………」

マナー違反どころではなかった。

何？

じゃあ、パジャマの上にコートを羽織《はお》って、今日子さんはそれだけで事務所兼自宅を飛び出してきたと言うのか？

そんなの、ほとんど着のみ着のままじゃないか。

そう言えば、直視できなかったせいで見過ごしていたが、なにげに今日子さんはすっぴんだった——本当にすっぴんなのか、すっぴん風メイクなのかは、僕のような門外漢《もんがいかん》には判断がつかないが……。

聞けば聞くほど、取るものも取りあえず、僕の家に駆けつけたという感じだ。

「はい。お布団にまで入って、ほとんど、寝る直前でした——しかし、入眠ぎりぎりのタイミングで、気になることがありまして」

奮起しました、と今日子さんは言う。

文字通りの奮起なのだろう。

連続で徹夜できる体力を持つ、見た目によらず案外タフな今日子さんだが、しかし、一回布団に入ってから起きるのが辛いのは、僕のような一般人と感覚はそう変わるまい——ただし、人間は眠りに落ちる寸前にこそ、何かを思いつきやすいというのも、また一般的な通説である。

今日子さんは、今にも一日分の記憶がリセットされようというまさにそのときに、何かを閃《ひらめ》いたのか——そして押《お》っ取《と》り刀《がたな》で、我が隠館邸を訪れたというのだろうか。

だとすれば、当然、『伝えなければならないこと』というのは、囲井さんの身辺調査に関わることということになる。

新事実が発覚した——のだろうか？

いやしかし、既にこれ以上なく綿密な調査が、最速でおこなわれていたはずだ——その結果、僕は今、窮地《きゅうち》に陥っているわけだが。

結婚と破滅を同時に迫られているというのだから、まさしく窮地だ。

「ひょっとして、新しくわかったことでもあるんでしょうか、今日子さん」

考えても考えても詮がないので、僕は今日子さんの正面に座って、そう訊いた――今日子さんのほうから切り出してこないのだから、水を向けるしかない。

と言うか、今日子さんは、やっぱり眠そうだった――うとうとしているとまでは言わないにしても、やっぱり、レスポンスが遅い。シャットダウン直前からの再起動に、彼女のパフォーマンスは相当低下していると見える。

「新しくわかったこと――ええ、そうですね。いえ、囲井都市子さんの件に関しての、追加情報があるわけではないのです」

「え？」

意外だった。

あるとしたら、それしかないと思っていたのだけれど――じゃあ、いったい何についての追加情報があったのだ？

「あなたについての新情報です、隠館厄介さん」

「僕について？」

ますますわけがわからない。

いや、確かに、むっつの事件を調べたときの余った時間で、今日子さんは僕についての調査もおこなっていたけれど……、違う、そうだ、その調査は、途中で打ち切ったと言っていた。

忘却探偵が過去に担当した事件が見え隠れしてきた時点で、ストップしたと――置手紙探偵事務所のコンプライアンス的には正当な行為だが、しかし考えてみればそれは、僕についての調査は完遂していないということでもある。

しかし、調査を中止した以上、追加情報が出てくるはずもないのだが。

「その点は、お詫《わ》びするしかありません」

今日子さんは座ったままで、白髪頭を下げた。

「私は調査を止めましたが、守さん……いえ、私のボディガードが、あなたへの調査を密かに続行しました――彼の仕事は最優先で私の身を保護することですので、ただ自分の仕事をしただけであるとの言い訳は、一応立ちますが、忘却探偵のルールには完全に反するおこないです」

「はあ……なるほど」

そういうことか、と、ボディーガードは実在していたのかと思いつつも納得していると、

「なので、彼は今日付けでクビにしました」

と、今日子さんは顔を起こして言った。

「え……ええ!?　クビって、そ、そこまでしなくとも……」

「大丈夫です。今日付けでクビにしたことを、私は明日には忘れていますから――彼に

ガッツがあれば、何食わぬ顔をして明日も事務所に現れてくれることでしょう。私を守るにあたって、私の意志を尊重しない姿勢には好感が持てますので、どうかそのまま私を守って欲しいものです――それはさておき、ボディガードからの報告を受けた限り、私はどうやら、あなたを誤解していたようです」

「ご、誤解ですか」

「うら若き女性の身辺調査をするにあたってうら若き女性の探偵に依頼するような、倒《とう》錯《さく》した変質者だと思っていましたが、どうやらそうではないらしい、どころか、単に置手紙探偵事務所の『常連』であると言うだけでなく、何度となく私を窮地から助けてくれたこともあるみたいだと――ボディガードはそんな調査結果を報告してくれました」

嫌悪感を抱かれていることは察しつつも、変質者レベルまで思われていたという事実にショックを隠しきれなかったが……、しかし、そのボディガードも、探偵に匹《ひっ》敵《てき》する調査能力を持っているらしい。

のみならず、わざわざそれを、今日子さんに報告してくれるとは――既に本筋の仕事が完結している以上、『危険がある』と報告するのならまだしも、『危険はなかった』と報告する意味は、ほとんどないはずなのに。

何の得にもならないどころか、クビになるかもしれないのに（そして実際になった）、僕の誤解を解いてくれるとは……、発端《ほったん》は僕へのあらぬ疑いだったとは言え、なんてナイスガイなのだろう。

今日子さんを守るに足る人材のようだ。

的外れなタイミングで、僕は安心した。

もちろん、誤解が解けたというのなら、それについても安心した——明日になればどうせ忘れてしまうとは言っても、忘れられる前に誤解が解けたのなら、そのほうが嬉しいに決まっている。

「えっと……、じゃあ、今日子さんは、誤解していたことを謝るために、わざわざ僕の家まで来てくれたってことなんですか？　なんて誠実な……」

「いえ、ボディガードの勝手な行動については、雇い主として真摯に謝罪する必要がありますけれど、でも誤解していたことについては、それは正直、謝るほどのことではないかなと思っていました」

明け透けだった。

まあ、心の中でどれだけ嫌っていようとも、仕事は仕事としてきちんとやり遂げたのだから、それで責められる覚えもないだろう。

ん。

でも今、『思っていました』と、過去形で言ったか？

「ええ。悪いことしたなー、と憂《うれ》いながらお布団で横になって、まあどうせ明日になったら忘れているからいいやって思っていたんですけれど」

「なかなかのことを思っていたんですね」

「ただし、クビにしたボディガードからの報告を受けて、引っかかる感情は生まれました――依頼人が変質者だからと言って手を抜いたつもりはなくっても、きちんとやり遂げたつもりでいても、それでも無意識のうちに嫌悪感が働いて、私の仕事が不十分になっていたんじゃないかという、不安の感情です。至らないところがあったのではないか。最速なのではなく、拙速《せっそく》だったのではないか――そう思うと、不安で夜も眠れなくなりました」

と。

今日子さんは眠そうに言った。

「保育園に一人娘を迎えに行ってから、夜の十一時には床に就いたのですが、それが気になって、まんじりともできず――やはりこのまま忘れてしまうわけにはいかないと思い、こうしてどたばたとお邪魔した次第です」

誤解は解けても、一人娘の嘘は吐き通すらしい――突き通すらしい。こうなってくると、本当に一人娘がいるんじゃないかというような気さえしてきていた。

思えば、別にいたって不思議じゃないのだ。

でもまあ、納得はできた。

要するに、アフターケアみたいなものか。一期一会を旨とするリセット主義の忘却探偵の仕事においては、本来ありえない保証期間なのだけれど、行き違いによって偶発的に生じた例外というわけだ。

パターンからの逸脱——である。

「ご配慮いただいて、ありがとうございます……、ただ、折角ですけれど、それは気の回し過ぎだと思いますよ。今日子さんの仕事は、いつも通り完璧《かんぺき》でした」

パジャマで駆けつけてもらって、こちらこそ申し訳ないが、完璧過ぎたくらいだ。

お陰で僕は今、とんでもない逆境におかれている——今日子さんとは別の形で、僕は今夜、一睡もできない状況におかれていたのだ。

わざわざ言うようなことでもなかったけれど、それをもって今日子さんの仕事ぶりに不備がなかったことの裏付けとするために、僕は六時間前に交わされた、囲井さんとの会話を披露した。

笑い話になるかと思ったけれど、今日子さんはどん引きだった。

「何をやってるんですか、あなた。そんな実直な伝えかた、変質者失格ですね」

「あの、だから、変質者ではないんですが」

「おっと」

今日子さんは口元を押さえる。

「いけませんね。一度誤解してしまうと、なかなか意識が改善されません——感情というものはままなりません」

ううむ。確かに、頭ではわかっていても、どうにもならないということはある。『気持ちの問題』だ。取材で答えた通り、それは冤罪の構図のひとつでもある。裁判で無罪が確定しようとも、それでも社会的には疑われ続けると言うような——この部屋に這入って、モデルルームのような有様に、疑義《ぎぎ》を呈していたことといい、今日子さんの中で、いまだに僕は『怪しい奴』のままなのかもしれない。

「しかし、今日子さん。どういう風に伝えたところで、同じことだったと思うんですけれど……」

「ですね。囲井都市子さんの言うことも、むろん、わからなくもないですが——しかし、明らかな過剰反応であることも否めません。隠館さんがどれほど女心を解さない野《や》暮天《ぼてん》であっても、破滅を迫ってしまえば、それは脅迫です。……もう、結婚しちゃえばいいじゃないですか？」

昼間と同じことを言っている。

辛いなあ。

この場合、意味合いが『好機を逃すべきではありません』から『諦めたら？』になっているので、余計に辛い。

「……どうお断りの返事をすれば、囲井さんに納得してもらえるかって、今日子さんならわかりますか？」

なんにせよ、今日子さんがせっかく来てくれたのだからと、そんな風に相談してみた僕だった——あわよくば、探偵からアドバイスをいただこうという算段である。

うら若き女性の身辺調査をうら若き女性の探偵に依頼するよりは、まだしも正当と言うべきだろう。通常ならば、別料金が発生しかねない局面だけれど、アフターケアということであれば、無料で対応してもらえる可能性もある。

そのわずかな可能性に賭けてみたい。

しかし、今日子さんからの答は、

「隠館さんもご承知の上だとは思いますけれど、納得してもらうのは不可能だと思います——これは探偵としてではなく、囲井都市子さんの同性としての見解ですけれど、彼女は実現不可能なわがままを言って、隠館さんを追いつめているだけでしょう」

だった。

実現不可能なわがままか……、そんな可愛らしいものではないが。

「そんなことをする人には見えなかったんですけれど……」

「私の経験から言わせていただけると、振られた人間は何をしてもおかしくないですよ」

忘却探偵である今日子さんが言う『私の経験』とは、探偵としての経験ではなく、記憶を失う以前の経験のことか――確か、十七歳以前？　いや、『一人娘』という嘘のことを思うと、講演会での発言に、最早信憑性《しんぴょうせい》なんて皆無だ。

「ただし――その辺りの『気持ちの問題』を含んだ上でも、やっぱり違和感のある反応ですね。過剰反応ですね……」

そう言って今日子さんは目を閉じて、考えるような顔をした――時間帯も時間帯なので、そのまま寝入ってしまうんじゃないかと心配になる。

しかし、眠気よりも疑問が勝ったようだ。

「『案外感謝してもらえるんじゃないか』というのは、隠館さんの、男性特有の都合のいい妄想だとしても……、少なくとも囲井さんは、長年抱えていた呪縛《じゅばく》から解放してもらったことは確かなわけですし」

「そうなんですよね……」

男性特有の都合のいい妄想とまで言われたのは、聞こえなかったことにした。

「むしろ、囲井さんは、呪縛を解かれたくなかったんでしょうか？」

「おや。囲井都市子さんは、好きな相手が次々破滅するという、『呪われている自分』に酔っていたと仰るのですか？」

「そこまでは言いませんけれど」

いや。

そのきらいが、まったくないわけでもないのだろう——不幸な僕に酔う、可哀想な私に陶酔《とうすい》するというのは、そんなに珍しい感情じゃない。

「違和感がもうひとつ……。隠館さん、念のために確認させてください。囲井都市子さんは、こう仰ったんですよね？『今日子さんに依頼したことについては、まだ許せます。わたしもできることなら、そうしたかったたんですから』」

「あ、はい。細かい点まではっきり覚えているわけじゃありませんけれど、すごい剣幕でそんなニュアンスのことを……、だから、身辺調査をしたこと自体は、そこまでは怒ってないのかもしれません」

「男性特有の都合のいい妄想ですね」

繰り返し言われたら、聞こえなかった振りにも限度があった。

「ただ、ご本人が許すと仰っているのですから、とりあえずそこはスルーしましょう——名前があがっている立場として、私が気にせずにいられないのは、『できることなら、そうしたかった』という部分です」

「……？　それの、何が不思議なんですか？　囲井さんは、講演会に行くような、今日子さんの熱心なファンなんですから、忘却探偵に自分の呪縛についての調査を依頼したいと考えていても、不自然じゃないと思いますけれど」

実際、手を挙げて質問もしていた。

今日子さんにはぐらかされた形で終わってしまったけれど。

「ですから、そんな公の場で、遠回しに質問をされても、望まれているような答は返せませんよ——正式に依頼してくだされば、今日、隠館さんにしたのと同じ話を、私はすることができたはずです。それなのに——彼女は、そうはしていない」

「…………」

「『できることなら、そうしたかった』。じゃあ、なぜ、でき、な、か、っ、たんでしょう？」

依頼したくとも、依頼できない事情があった？

金銭的な事情だろうか？

いや、でも、貸借探偵の夢藤さんと言うならまだしも、忘却探偵の今日子さんなら、もちろん安くはないにしても、決して手が届かないほどのお高い依頼料というわけではない——自分の、あるいは好きになった人の人生がかかっているのなら、絶対に払えない額ではないはずだ。

あんな高級レストランで、僕と食事をすることを思えば。

六人目の、結婚を約束するような相手が現れた段階で、事前に今日子さんに——あるいは他の探偵に——自身の身辺調査を依頼していても、まったく不思議はなかったのだ。

なのに、彼女はそうせずに。

あろうことか、僕にプロポーズする道を選んだ。

「ええ。そんな道を選ぶなど、どんなポンコツなナビゲーションシステムを搭載《とうさい》しているのか、首を傾げざるを得ません。あるいは自罰的な破滅願望でもあるのでしょうか。どうしようもない男と結婚することで、これまで付き合ってきた男性に対する贖罪《しょくざい》にしようとしているとか……」

「……あの、今日子さん。確認しますけれど、あなたは僕に謝りに来たんですよね？」

「厳密には謝りに来たのではありません。いただいた料金分の仕事ができていない可能性を危惧《きぐ》し、確認しに来たのです——ただ、残念ながらあんまりすっきりできませんね。何か、根本的なことを見逃している気がするのですが……」

ぐ、と今日子さんはそこで伸びをした。

眠さが限界で、頭がちゃんと回っていないのかもしれない——普通ならば、一度寝たほうがいいんじゃないかと勧めるところだが、忘却探偵の場合は、それができない。

それをすると事件の概要を、抱いた違和感ごと忘れてしまうことになる——概要ならば、まだインプットし直せば取り返せるとも言えるのだけれど、違和感までなくしてしまうのはまずい。

概要は僕が説明できるとしても、違和感は、ひいては直感は、今日子さんだけのものだ——それも『今日の今日子さん』だけのものだ。

どうしたって明日には持ち越せない。

「いえ……、そのプランは、存外、悪くないかもしれません」

と、今日子さんがこちらを見た。

「いっそ、一旦全部、忘れてしまうと言うのは——私が『ちゃんとできていないかも』と、自分の仕事に自信を持てないでいるのは、隠館さんに対する嫌悪感に起因しているわけですから。それをすっかり取り除いて、改めて事件に向き合うというのは、決してナシじゃあないです」

ああ、なるほど。

誤解が解けても、人間は感情を引きずってしまう——感情というのは如何《いかん》ともしがたいとは言っても、しかし、今日子さんに限っては、その感情を、如何とすることができるのだった。

今から思えば明らかなように、僕の依頼の仕方に問題があったため、こんな込み入った事態を招いている——スタート地点における、入りがよくなかった。最速の探偵に対する最悪の依頼人だった。

だから思い切ってリセットする。違和感と共に、嫌悪感をリセットする。

人生にリセットボタンはないのだという警句に真っ向から反旗を翻《ひるがえ》す、忘却探偵だけに許された裏技である——僕としては、今日子さんの頭の中から、取り返しがつかないほどに刻まれてしまった、隠館厄介に対する嫌悪感が払拭《ふっしょく》されるというのならば、そんなに望ましいことはないと言うしかない。

まあ、それで事態に大きく変革がもたらされるとは限らないのだ——そういう意味では、ややハイリスクな裏技でもある。

違和感を忘れる。嫌悪感を忘れる。

どちらかひとつは選べないのだ。

嫌悪感を払拭した代わりに、見落としがあるんじゃないかという不安までを払拭してしまっていいのかどうかは、僕には判断できない。

そりゃあ同じ結論になるのであれば、それで構わないとも言えるのだが——

「そうですね。となると、不調モードをただリセットするだけではなく——どうせなら好調モードまで、持って行きたいところです」

「好調モード？」

「はい。いっそのこと、絶好調モードまで……、ふーむ。まあ、元を正せば、私の誤解に端を発しているわけですし……、ええ。仕方ありません。ここは、ズルの中でも、あまり誉められたものではないズルをしますか」

眠気を振り払うようにぶんぶんと白髪頭を振ってから、今日子さんは意を決したように、作成したプランを僕に告げた。

「隠館さん。マジックペンを貸していただけますか？　それから、上半身裸になってください」

3

マジックペンを貸して欲しいというのは、まあわかる。たぶん、『リセット』する前に、今となってはおなじみの備忘録を、右腕に書くつもりなのだろう（左腕には、例の文章が書かれている——『私は掟上今日子。25歳。置手紙探偵事務所所長。記憶が一日ごとにリセットされる』）。来客用のカトラリーはなくとも、ペンくらいならいくらでもある。

だが、上半身裸？

なぜ上半身裸？

ここまでの会話の中に、たとえ一本でも、果たして僕が上半身裸にならなくてはならない巧妙な伏線が張られていただろうか？

どうしてですかと訊きたいところだったが、しかし、反問は許されていなかった——なぜなら、今日子さんが、室内に這入ってからもずっと着っぱなしだったロングコートを、僕の返事を待たないままに、脱いだからだ。

隠していたパジャマ姿を惜しげなく披露《ひろう》してくれた。

季節も季節なので、かなり防寒性に欠けた、換言すれば露出の多いナイトウェアだった――普段は基本的に長袖《ながそで》で、スカートにしろズボンにしろ、丈の長いボトムをはきがちな今日子さんだが、プライベートな寝間着まではその限りではないようで、ノースリーブにキュロットみたいなパジャマだった。

透け感はほぼネグリジェと言っていい。

眼鏡をかけていることが信じられないくらい、本当に押っ取り刀で来たとしか考えられない、今日子さんのサービスショットである――今日子さんは、パジャマまで含めて、同じ服を二度着ないのだろうか。

こんな貴重なものを見せられて、僕の無価値な上半身を晒《さら》すことをためらう言い訳など、世界中のどこを探しても見つからない。

いや、僕が上半身裸になる理由もわからないのと同様、今日子さんがこの場面でパジャマになる理由も、ぜんぜんわからないのだけれど。

腕や足に備忘録を書き残すためならば、コートをまくればそれでよかったはずなのに
――ああ、そうか、寝るつもりだからか？

だから今、ハイソックスも脱ごうとしているのか？

じゃあ今日子さん、ここで寝るつもり？

この、とことん平凡に偽装されたクリーンルームで？

「ええ。隠館さんのプランを改良した私のプランでは、こちらで眠らせていただくしかないんですよ――なので、あとでお布団も貸してくださいね」

「そ、そりゃあ、構いませんが」

構わないのか？

座布団もないんだから、もちろん、来客用のお布団なんてあるわけがない――代数的に、僕の布団を提供するしかなくなる。

しかし今日子さんは嫌悪感を拭いきれない相手の布団なんかで寝られるのだろうか？

いや、その嫌悪感をリセットするための睡眠ではあるのだけれど――だけど、今日子さんのプランでは、僕はどこで寝ることになっているのだろう？

「それはまあ、その辺で好きなように寝ていただければ？」

ノープランのようだった。

まだ嫌われた記憶がリセットされていないのだから、やむをえない措置だ――上半身裸で放置されているし。

ただ、『その辺』というのは、近所のホテルでというような意味ではないらしい――このクリーンルームにおいて、というようなニュアンスのようだ。

嫌いな人の布団で寝るのは我慢すれば済むにしても、嫌いな人のそばで寝るというのは、結構デンジャラスなプランだけれど……、要するに、目が覚めたときに、僕がすぐそばにいる必要があるプランなのだろうか？

「ええ。おおむね、そんな感じです。デンジャラスであることは認めますが、しかし、私にとっていただいた代金分働いていないと思われることは、耐え難い苦痛なのですよ」

「はあ……、だったら、そう感じた痛みの分だけのお釣《つ》りをいただければ、僕はそれでもいいんですけれど」

「お釣りを渡すことは、私にとって魂の死です」

きっぱり言われた。

何をきっぱり言っているのだ。

お釣りくらい渡せ。

僕の視線、即《すなわ》ち嫌悪する者からの抗議の視線は痛みを伴わないようで、今日子さんは僕が渡したマジックペンで、右腕下腕部に、すらすらと文章を書き始める（今日子さんはどちらの手でも、ほぼ同じように字が書ける）――囲井都市子さんの男性遍歴をすべて書きとめるとなると、結構な文字数になるので、右腕だけでは収まらないかもしれない。なにせ、六人分――六件分の事件簿だ。

書けても二件分だと思う。

その場合は、足に書くのだろうか？　まあ、パジャマ姿である現状、両足ともむき出しなので、スペースには不自由しないだろうけれど。

「いえ、事件の詳細を書き留めるつもりはありません」

今日子さんはまたもきっぱり言った。

まあまあ、今度はきっぱり言ってもいい局面だけれど――しかし、その理由を質さないわけにはいかない。

どうして？　それでは本当に、一からやり直しになってしまう。また六時間かけて、すべての調査をおこなおうと言うのか？　僕にまつわる調査をおこなわないとすれば、厳密には四時間だが……。

「どういう調査をおこなうかは、『明日の私』次第ですけれど――モチベーションが低かった『今日の私』は、残念ながらアテになりませんからね。メッセンジャーとしてもしかりです。ならば余計な備忘録は残すべきではないでしょう」

そちらはノープランではなく、ノーヒントということか。

「ただし、まるっきりゼロからのスタートを切るつもりはありません。言ったでしょう？　誉められたものではないズルをするつもりだって。なので、隠館さんから最低限のことは教えてあげてください」

「？　僕から説明しちゃっていいんですか？　依頼内容だけじゃなく、今日子さんがしてくれた解説を？」

「はい。そのほうが、『明日の私』のモチベーションが上がると思われますので」

「…………？」

意味不明だ。嫌っている僕から説明をされて、それでモチベーションが上がるなんてことが……、いや、だから明日になればもう嫌悪感は消滅しているにしても、それでも、情報を公平に受け入れられるニュートラルな状態になるというだけで、モチベーションアップには繋がらないのでは？

だいたい、今日の依頼の事件簿を書いているんじゃないのだとしたら、今日子さんは今、右腕に何を書いているというのだ？

この角度からでは見えない……、かと言って、上半身裸のまま、薄手のパジャマを着た女性を背後から覗《のぞ》き込むような勇気は、僕にはないのだった。

「はい、書き終わりました。一応、ご確認ください——漢字はこれであってますよね？」

そう言って今日子さんはマジックペンの蓋《ふた》をして、右腕の内側を、僕のほうへと向けた——そこには、なんと、僕の名前が書かれていた。

『隠館厄介』と。

漢字に間違いはない。

まあ、これ自体は、実のところ、まったく予想してなかったわけでもない――と言うか、そうしてもらわなくては困る。

依頼人である僕の名前や、この部屋を訪れた経緯などを、どこかに書き残しておいてもらわなくては、目覚めたとき、いきなり知らない部屋にいて、突然知らない男がそばにいたんじゃ、さすがの今日子さんでも前後不覚になってしまうかもしれない――いつぞやのように、『信頼できる人』なんて但し書きを残してくれとまでは言わないから、僕がクライアントであることくらいは明記してもらわなくては。

いくら眠くても、今日子さんがそんな見落としをするわけがないか――と、僕は杞憂《きゆう》に胸をなで下ろしかけたが、しかし、それどころではなかった。

『信頼できる人』どころではなかった。

今日子さんの右腕に書かれた僕の名前は、『隠館厄介』は、その周囲をぐるぐると、二重丸でチェックされていた――あたかもそれがとても重要な名前であるかのように。のみならず、『絶対に忘れたくない名前！』だの、『自分の名前を忘れてもこの名前だけは覚えていて！』だの、『世界一大切な人の名前！』だの、『全幅の信頼をおける、すべてを任せられる人の名前！』だのだの、そんな文面が、僕の名前を取り囲んでいた。

備忘録にあるまじき、そのビックリマークの乱舞を、果たしてなんと言えばいいのだろう。

そう、これは、あれだ。

さながら、ヒロインが記憶を失ってしまう系の恋愛映画で、恋人や婚約者、はたまた夫のことを忘れたくない主人公が、必死の思いで記憶を繋ごうとして、涙ながらに書く痛々しい文面のようだった。

だが、もちろん僕は今日子さんの恋人でもなければ婚約者でもないし、まして夫であるはずもない——保育園に通う一人娘の父親は、僕ではない。

隠館厄介というどこにでもあるような名前が（自虐）、今日子さんにとって自分の名前を忘れても覚えていたい名前なはずもないし、世界一大切な人の名前なはずもない——なんだこれ、という感想しか出てこない。

そして『全幅の信頼をおける、すべてを任せられる人』とは……、『信頼できる人』どころじゃない。

そりゃあボディガードのナイスガイから、多少の経緯は聞いているのかもしれないけれど、そこまでの信を置かれては、戸惑うどころじゃない。

すべてを任せられてたまるか。

なんだその備忘録——読んでるほうが恥ずかしくなるくらい、嘘っぱちばかりじゃないか。しかもただの嘘じゃない、このレベルの嘘をついたら、人間は誰からも、二度と信じてもらえなくなるだろうというくらいの大嘘である。

「はい。これは大嘘の備忘録です――でも、『明日の私』にとっては、これが揺るぎない真実となります」

「…………」

「つまり、隠館さんに嫌悪感を持ったまま、不調モードでおこなった調査に悔いがある『今日の私』といたしましては、『明日の私』には、隠館さんに好感を持って、絶好調モードで仕事に臨んでもらいたいのですよ」

モチベーション。

わけがわからない――いや、わかりやすい話だ。

とてもとてもわかりやすい話だ。わかりやすさしかない。

誰だって、嫌いな奴のために仕事をするよりは、好きな人のために働くほうが、能率がアップするに決まっている。

社会人とは会社に勤めているから社会人なのではなく、社会性を持つから社会人なのだ――人間関係やコミュニケーション能力、コネクションが、もっとも重要である。

つまり、『あなたのため』という言葉は、必ずしも偽善的とは限らないわけだ――だが、とは言え、この方法は……。

「ず、ズルい……」

「ええ。だからズルなんですって——『明日の私』に、うまく話を合わせてくださいね。あなたは私が、我が身よりも大切に思っている、全幅の信頼をおくかたなのですから」

信頼関係を築く手間（ここは、あえて『手間』と言おう）を大胆に省いて、自分の感情を、まるでゲームのパラメーターみたいに、自由自在にコントロールしようと言うのだから、チート行為もいいところだ。

誤解から入ってしまった僕への嫌悪感をリセットするだけではなく、偽りの好意で無理矢理に上書きしてしまおうとは……。

ズルいを通り越して、卑怯とか、小汚いとか、そういうレベルのプランである。モリアーティ教授だってこんな悪行ははたらかないというような、これこそが嫌悪すべき有害行為だ。

しかし今日子さんは、まったく悪びれることなく、

「『明日の私』は、あなたのために、全力を尽くして事件の解決にあたることでしょう——では、仕上げです」

と、もう一度ペンを取った。

しかし、そこでふと思いついたように、「こっちのほうが、それっぽいですかね」と、僕が貸したそのペンを脇に置いて、先程脱いだロングコートのポケットを探る。

今日子さんが取り出したのは小さなポーチだった。どうやらコスメティックを入れるポーチらしい――結局、すっぴんで来てしまっているとは言え、クライアントの家を訪れるにあたって、化粧品を持ってはいたらしい。さすがの今日子さんも、ヒッチハイク中の車内で、コスメを取り出すわけにはいかなかったのか。仕上げというのは、ならば、メイクだろうか？　でも、これから寝ようというときに、お化粧をするなんて……、普通は逆なのでは？

「お待たせしました」

と、今日子さんがポーチからピックアップしたのは、一本のルージュだった――薄いピンクの口紅だ。正しくはもっと細かい分類があるのだろうけれど、色見本帳を持たない僕から見れば、ピンクは総じてピンクである。

「口紅を……、塗るんですか？　今から？」

「隠館さん。『ルージュの伝言』って、ご存知です？」

てんでさっぱり意図が読めず、戸惑うばかりの僕を無視するように、今日子さんは、今時の曲を知らない彼女らしく、古びない名曲を引き合いに出した――『ルージュの伝言』。

「右腕に書ける分量には限りがありますし、それだけだと説得力に欠けるかもしれませんので」

今日子さんはひねったルージュを右手に、上半身裸の僕に四《よ》つん這《ば》いになってにじり寄ってきた——そしてルージュの先っぽを、僕の胸板へと向ける。

「全幅の信頼をおける大きめの掲示板に、長文で愛のメッセージを書き残しておこうと思いまして——大嘘の備忘録、もとい、さしずめ掟上今日子の婚姻届ですかね」

4

『この人は隠館厄介さん。厄介さん！　超好み。出会う前から一目《ひとめ》惚《ぼ》れ、最っ高に優しい理想のプリンス。好き好き好き好き！　目が合うだけで幸せ、常にぎゅって抱きつきたい。厄介さんがいなきゃ駄目！　絶対嫌われたくない！　厄介さんに嫌われたら生きていけない。厄介さんに見捨てられたら私の人生はおしまい。厄介さんのためだったら私はなんだってしてあげる、なんでも言うこと聞いちゃう。全力を尽くしたい、全力で尽くしたい。心から恋している、骨まで愛してる。厄介さんのお嫁さんになることが私の夢でーす。

XOXO掟上今日子●』

●の部分にはキスマークが入る。

第五話　隠館厄介、断る

1

忘却探偵が彫心鏤骨《ちょうしんるこつ》の末に記したアホみたいな文章で、僕の胸板がピンク色に染まってから（掲示板として使用された胸板のみならず、全身が茹《ゆ》で蛸《だこ》のごとくピンク色に染まったが）およそ十八時間後、すなわち『翌日』の午後九時、僕は雑誌記者にしてジャーナリスト、有能なインタビューアである囲井都市子との待ち合わせ場所に到着した——これからおこなわれる交渉の内容を考えると、待ち合わせ場所と言うよりは、決闘場と言ったほうが、より真実性を帯びるかもしれないけれど。

真実。重い言葉だ。

場所は、ことの発端となった求婚を受けたのと同じ、高級レストランの個室だった——予約は取っておきましたからと、そのときと同じ店を指定してくる辺り、既に戦いは始まっているのだろう。個室の位置まで同じだというロケーション作りのスキルは、なんだろう、彼女の記者としての能力が、ふんだんに発揮されているようで、武者震いではない身震いを感じずにはいられない。

待ち合わせには、早めに着くのがマナーだという説、遅れていくのがマナーだという説、どちらにも一分の理があるとは思うものの、今回は事情が事情なので、気持ち、僕は早めに到着しておいて、囲井さんを待とうと思っていたのだけれど、もちろん囲井さんは、個室の中で僕を待ち伏せしていた——六時間前から店にいたと言われてもすんなり納得できるくらい、どっしりと威厳のある風に席についていた。

しかも、感情が押し殺された鉄仮面のごとき無表情で僕を出迎えたのはまあ当然としても、のみならず、前回、あれだけおいしい料理が所狭《ところせま》しと並べられたテーブルの上には、所狭しとICレコーダーが並べられていた。

取材のときには二台だったICレコーダーが、録音の準備が整っているスマートフォンまで含めると、計五台並べられている。商取引の世界では、のちのち言った言わないのトラブルにならないよう、交渉の内容を明確に記録する風習もあるとは聞くけれど、しかしこれは、これから僕がおこなうであろう釈明をつぶさに記録して、ことによってはことを構えよう、録音することでのちのちトラブルの種にしようという気がうかがえる鋭利なるフォーメーションだった。

声の仕事をしている役者さんだって一言も喋りたくないであろう状況設定と言うか、

もしも許されるならば、踵《きびす》を返して全力で逃走したかったけれども、今日の僕には、そんな真似が許されているわけもない——死刑囚が電気椅子に腰掛けるように、しずしずと囲井さんの正面に座るだけだ。

ただし、昨夜午後八時、破滅を宣告された時点からおよそ丸一日が経過して、この死刑囚には、生き延びるための、逆転の条件が生まれているのだった。

「よくいらしてくれました。その覚悟だけは誉めて差しあげます——わたしが隠館さんを誉めるのは、これが最後です」

ひょっとすると、何かの間違いで囲井さんの機嫌が直っているんじゃないかという淡い期待は、その切り出しかたを受ける限り、泡と消えるしかなさそうだった。

髪の色に合わせたような、もしくは現在の心境に合わせたかのような、真っ黒で、喪《も》服《ふく》みたいな衣装で現れているし——あるいは、喪服そのものなのかもしれない。でもまあ、ウエディングドレスで現れられるよりは怖くないと、僕は自分を鼓《こ》舞《ぶ》することにした。

「あの……」

「まずは、先に仕事の話を済ませてしまいましょう。こちらがインタビュー原稿になります。来週までに戻していただければ」

意を決して話し始めようとした僕に対し、するりとタイミングを外すような、囲井さんの段取りだった――てきぱきとしたその仕事ぶりが、今はただ、嫌がらせのためだけに機能していた。

まあ、しかし一方で、これは極めて正しい手順だった――本題に入ったあと、たとえ展開がどう転ぶにしたって、仕事の話に戻って来られるとは、とても思えないから。

どちらかが、あるいはどちらも、無事では済まない。

渡された封筒の中身を軽く確認してみた限り、インタビュー原稿は、語り手が僕だとは信じられないくらい、読みやすく、いい感じにまとまっているようだった――構成の妙と言うのだろうか、自分で喋ったことなのに、引き込まれてしまう。その上、『ここを使って欲しい！』と思って喋ったところが、きっちり使われている――驚いた。関係性があのレベルでこじれてしまったから、インタビュー原稿で、滅茶苦茶《めちゃくちゃ》書かれているんじゃないかという不安もあったから――もちろん、彼女が原稿を仕上げたのはこじれる前なのだが、しかし、書き直す時間は、丸一日あったのだから。

プロとして恥ずべき真似はしないという、ジャーナリストとしての矜持《きょうじ》だろうか。

むろん、これから僕がおこなう釈明次第では、報道記者として、容赦なく僕を破滅させてみせるのだろうけれど……。

その後、記事掲載までのスケジュール確認というような事務的なやりとりを事務的に終え、そして注文した料理がおおむね届いたところで、

「では、始めてください。隠館さん。あなたはどんな風に、どんな理由で、わたしからのプロポーズを断るのですか？」

と、彼女は言った。

場の主導権は、あくまでも自分が握り続けたいようだった――ただし、僕もただただ囲井さんに言われるがままに、釈明をおこなうわけにはいかない。

状況は一変しているのだ。

白髪の探偵によって、ひっくり返されている――どんでん返しは、既に終わっている。

……でも、厳密に言うと、まだ、選択肢があった。

僕ではなく囲井さんに、選択肢があった。

不誠実を働いてしまった愚かな僕には、この場からほうほうの体《てい》で逃げるという選択は許されていないけれど――しかし、囲井さんの側には、まだその余地があるのだ。

解決編を聞かずに立ち去るという、推理小説ではあるまじき行為が、現時点ではまだ、彼女には許されている。

それを告知しないままに僕が釈明を開始するのは、あまりにフェアじゃないというものだった。

「囲井さん、今ならまだ間に合います」

「は？」

「あなたは僕の覚悟を認めてくれました――でも、あなた自身の覚悟は、決まっているんですか？」

　僕は彼女に向き合う――向き合う。

　そもそも、昨夜の時点でも、電話で伝えるようなことではなかったのだろう――タイミングを見据《みす》えたような突然の着信に浮き足立ってしまったが、しかし、こうして直《じか》に向き合って話していれば、その後の展開も多少は違っていた可能性もある。

　その意味でも、僕はもう決定的に手遅れではあるけれど、しかし、囲井さんはまだ間に合うのだ――

「『知る権利』に奉仕《ほうし》するあなたに言うようなことでは本来ありませんけれど、あなたには、『知らずに済ませる』という権利がある」

「…………」

「あなたは僕を、抜き差しならないところまで追い込んでしまった。僕のような臆病者でも、自衛のために反撃せざるを得ないところまで……、破滅させると迫られて、唯々《いい》諾々《だくだく》と黙って従うことのできる人間はいません。覚悟はできているんですか？　反撃を受けて、自分が破滅してしまうかもしれない、そんな覚悟は」

「……脅しているんですか？」

僕の要領を得ない言いかたに、不快そうに応える囲井さん。僕は怯《ひる》むことなく「脅したのはあなたです——だからこんなことになってしまった」と教えてあげた。

「笑止です。隠館さん、わたしはずっと、自分が破滅するほうがよっぽど楽だと思いながら生きてきたんですよ——なすすべなく、好きになった人が破滅するのをただうち眺めているよりは、いっそ自分が破滅したいと、願い続けてきたんですよ」

力強く、囲井さんは僕を睨《にら》みつけた。

「もしも隠館さんが、わたしを破滅に導く言葉を持って来られたというのであれば、どうぞ遠慮なく、わたしを破滅させてください。さもなくば、わたしがあなたを破滅させます——これまでの六人と同じように」

「…………」

その六人の大半は、実際には破滅していないという、そこまでは昨夜の時点で既に終わっている説明が、まるで頭に入っていないようだった——今なお彼女は、呪縛が解けないままだ。

その上でなお、囲井さんは、呪縛よりも破滅を選択した——破滅を欲した。こうなってしまえば、是非もない。

つまり僕にできることは限られていて、囲井さんを救済することは、そのうちのひとつではないということだった——だから、破滅させるしかなかった。

ゆめゆめ、ヒロイックな気分に酔ったりはするまい――僕は身を守るために、曲がりなりにもこんな僕に求婚してくれた相手と、敵対的に戦うだけなのだ。

信頼する友人から紹介された、その仕事ぶりに好感を持っていた相手と、破滅をかけて戦うだけだ――なに。

こんなことは、生きていれば、ままあることだ。

いつものことじゃあないが、いつあってもおかしくないことだ。

嫌いな相手や、むかつく奴とだけ敵対していられたら、いったいどれだけいいだろうと思うだけで――

「さあ。前口上はもういいでしょう、隠館さん。早く始めてください。わたしからの求婚を、こっぴどく断ってください」

「……断る前に、断っておきますが」

囲井さんはああ『誉めて』くれたけれど、僕の覚悟が、本当の意味で決まったのは、このときだっただろう。

「これから僕が言うことは、昨日から引き続き、忘却探偵――囲井さんもよくご存知の、掟上今日子さんから借りたお知恵を前提として、考えられたものです」

「……え？」

下唇《したくちびる》を噛むような形で保っていた無表情が、一瞬、素に戻る――そこまで考えていたわけではあるまいが、さぞかし意外だったのだろう。

彼女のファンであればあるほど、知っている。

今日しかない今日子さんが、『昨日から引き続き』、囲井さんの身辺調査を続けるなど、本来、あるはずのないことなのだから。

あってはならないこと、と言っても過言ではない。

だが違う。そうではない。

どんなルールも覆せるくらい、あらゆる法則もひっくり返せるほどに——偉大なのだ。

愛の力は、偉大なのだ。

僕は自分の胸に触れながら、そう思う。

「では、始めましょうか。囲井都市子さん——あなたを破滅させます、最速で」

最速でさえ、もう手遅れかもしれないけれど。

2

「なるほどなるほど、私が忘却探偵としてこのたび担当しているのは、そういった様相の事件ですか。さすが厄介さんの説明は、親愛なる私の厄介さんの説明は、惚れ惚れするほどわかりやすいですね。立て板に水とはまさにこのことです。なかなかできることではありません。二度手間になるにもかかわらず、私のためにわざわざありがとうございました。感謝の念が尽きませんとも」

僕の胸板にあれこれ取り留めなく書き込んだのち、未明頃までぐっすり眠った末、すっきりと目覚めた今日子さんは、僕からの、立て板に水とは程遠い、横板に雨垂《あまだ》れの事件概要、及び『昨日の今日子さん』がおこなった調査結果を聞き終えるや否や、そう言って僕の手を取ってきた。

ぎゅっと握ってきた。強く熱く。

スキンシップに躊躇がないし、そもそも距離が近過ぎる。

事件の最中に今日子さんが眠りに落ちてしまい、二度手間となるプレゼンをしたことは、これまで二度や三度ではないけれど、しかし、その辺り割とふてぶてしい今日子さんから、こんなにしっかりお礼を言われたことは初めてだった（通常、今日子さんの感謝の念は、結構簡単に尽きる）。

そんな無防備な笑顔を、この距離感で向けられたことも、そうはない。

上半身裸の僕に、笑顔のまま寝間着姿で迫ってこないで欲しい——けれど、そんな拒絶の言葉を口にするわけにはいかなかった。

僕は全力を費して話を合わさねばならないのだ。

なにせ彼女は今、僕を『理想のプリンス』だと思い込んでいるのだ——自身の筆跡による備忘録を読んで、そう『思い出して』いる。

そのイメージを崩すわけにはいかない。

胴体にルージュでびっしり落書きされている状態でそんな決意をしても、何ひとつ決まらないけれど。

「うふふ」

と、気付けば今日子さんが、更に僕のほうへ、正座したままで、ずっ、ずっ、とにじり寄って来ていた——膝頭同士がぶつかりそうな距離まで、頰《ほお》を赤らめ、うっとりしたような顔をして。

今まで何度か、ひょっとしたら僕は、今日子さんから憎からず思われているんじゃないかと勘違いしかけた局面があるのだけれど、それはまったくの自惚《うぬぼ》れだったと確信できる表情だ——これが『うっとり』なら、これまでの表情はお愛想《あいそ》の範囲内である。

百万ドルの笑顔とゼロ円のスマイルの、差異をまざまざと見せつけられている気分で、ただ単に傷つく。

「あ、あのう、今日子さん。それで、聞いてみて如何《いかが》でしょうか。何か、感じるものはありましたでしょうか」

「感じるもの。それはつまり、胸の奥からわきあがるこの情熱以外に、ということでしようか？」

「はい。その情熱以外にです」

ちなみにその情熱は、胸の奥からではなく、主に右腕下腕部からわきあがっているものである。

「やだなあ。厄介さんだって本当はわかっている癖《くせ》に、私に見せ場をくれようだなんて、優しいんだもんなあ」

ぽんぽんと、気安く肩を叩いてくる。

記憶はリセットされ、僕にとってはまたしてもの『初めまして』のはずなのだけれど、この人、理想の相手の前では、こんなに積極的なの？

くそう。

タメ口が嬉しい。半端じゃなく嬉しい。幸せで死にそうだ。

だがこのズルは、ほとんど一方的にとは言え、これまで積み重ねて来た今日子さんとの関係性を、一気に台無しにしかねない危うさをはらんでいると思う。

いつの日か百万円に達することを夢見て、何年もかけてちまちまと五百円玉貯金をしていたところに、突然、宝くじで三億円当たってしまったようなものだ——これでは人生の意味を見失う。

努力と無関係に夢が叶うというのは、空々しさを伴うのだ。

宝くじに当籤《とうせん》した人が、その後、結構な割合で破滅しがちだという説は、実に了見の狭い、嫉妬《しっと》混じりの都市伝説だとばかり思っていたけれど、僕の中で伝説は急激に信憑性を帯び始めた。

「破滅。そう、破滅だよね——ですよね」

さすがに仕事中であることは、かろうじて意識の片隅に残っているのか、今日子さんは口調を、ですます調に戻した。

「その言葉が、この依頼のキーワードのようです——『昨日の私』は、『六人の大半は破滅していない』という調査結果に基づいて、囲井都市子さんのいう『呪い』が、荒唐《こうとう》無稽《むけい》であることを証明したつもりだったようですが、しかし、そこまで推理できたのならもう一歩踏み込んで、考えるべきだったでしょうね」

そこは普段と変わらず、『昨日の私』に対し、他人行儀な今日子さんである——今回は、他人というより、ほぼ別人だが。

落差がすごい。高低差が。

しかし、昨日あれだけ嫌われていて、翌日、こんなに好かれているというのは、なんとも希有《けう》な体験である。きっとプロポーズされた直後に破滅を迫られるのと同じくらい希有だろう。

「だって、逆に言えば、六人のうち二人は、破滅しているわけですから」

「まあ、それは……」

「六人のうち二人――と言えば、確率的に低いように聞こえるかもしれませんけれど、でも、当人にしてみれば、一回切りの人生で一回破滅しているわけですから、そこは重要視すべきです」

「……………」

　言われてみればその通りだ。

　人数の問題じゃないというのは重々承知していたつもりだけれど、『百人中九十九人が助かりました』というニュースは、必ずしも『ひとりくらいいいでしょう?』という意味にはならない――そのひとりや、あるいは、そのひとりの家族、友人にしてみれば。

「いやはや、厄介さんは理解が早い。探偵として、こんなに聞き手に恵まれることはありませんね」

　都度都度僕を立てるのをやめて欲しい。

　わかっていても勘違いしてしまいそうだ。

　ありませんねも何も、探偵としての活動を、彼女は何も覚えていないのに。

「えっと……、『破滅』したと言えるふたりは……、小学生の頃の同級生と、社会人になってからの、会社の上司ですけれど……、ただ、今日子さん」

「なんでしたら、今日子と呼び捨てにしていただいても構いませんよ？」

「いえ、どうか今日子さんのままで。そのふたりの『破滅』が、囲井さんのせいじゃないことも、『昨日の今日子さん』は、調べていたんですよ」

「囲井都市子さんとだけでなく、複数の、社内の女性と関係を持っていたため処分を受けたという五人目の彼、大手出版社時代の上司のかたは、確かに、ほとんど自業自得でしょう――少なくとも、囲井都市子さんひとりが、責を負うべきではありません。けれど、もうひとりのほう――小学生の頃の同級生については、如何ですか？」

「如何ですかって……」

それだって、囲井さんに責任はない。『昨日の今日子さん』の調査によれば、若い身空というにもあまりに若過ぎる身空での、彼の飛び降り自殺は、囲井さんが知らないところで受けていた、いじめが原因だったのだから――

「でも、遺書はなかったんですよ？」

今日子さんは言った。

どれだけしなを作ったポーズで発せられようと、その鋭いトーンはまごうことなき――名探偵の切れ味だった。

「もしも、学校側や自治体が否定している通りに、彼の飛び降り自殺の原因が、いじめじゃなかったとしたら？　冤罪だったとしたら？」

「もしも、彼の飛び降り自殺の原因が、囲井都市子さんにあったとしたら？」

「え、冤罪――？」

3

これは『昨日の今日子さん』の調査、そして分析に、見落としがあったと言うわけでは断じてない――実際、紙一重のところまで迫ってはいた。

遺族が起こしている裁判が継続中である以上、必ずしも、学校側や自治体の責任が立証されたわけではないという話は、昨日の段階で既に出ていた――『我が校にいじめはなかった』とか、『自殺の原因がいじめであるとは断定できない』とか、そんな決まり文句が、必ずしも逃げ口上でないケースだってあるということを、今日子さんも僕も、ちゃんと共有できていた。

取材で話したばかりだったこともあり、冤罪の可能性を、考えていなかったわけじゃあない――だけど、冤罪だとしたら、他に真犯人がいるかもしれないというところまで、もう一歩、思考を押し進めるべきだったのだ。

五十歩百歩とは言えない、大きな一歩。

その一歩を、『今日の今日子さん』は、踏み込んだ。

モチベーションの違い……。

嫌悪する相手のために仕事をするのと、好感を抱く相手のために仕事をするのとでは、こんなに差が出てしまうものなのか。

もっとも、当の今日子さんは、

「どうして『昨日の私』が、その可能性を見逃したのかは、てんでわかりません。厄介さんの素敵さに参ってしまっていたのでしょうか」

と、不思議そうだった。

本人には、私情を挟んでいるつもりはないらしい——それに、『今日の今日子さん』は、昨日と同じ情報から、昨日は思い至れなかった見方を見事導き出しはしたものの、『だとしたらどうなるのか』という点を、まだ説明していない。

二人目の彼の自殺の原因が、彼女？

いじめが原因で身投げしたという『わかりやすさ』に比べて、付き合っていた女子が原因で身投げしたという『わかりにくさ』は、どうしたって否定しがたいものだ。

「ええ。でも、厄介さん。そもそも二人の間柄は『付き合っていた』とは言えないくらいの関係性だった——んでしょう？」

「……ええ。まあ——三人目、高校生までの付き合いは、可愛らしいものだったとか……、有り体に言えば、『仲のいい男子女子』くらいだったんだとは推察できますが」

小学生時代なら尚更だろう。

ごっこ遊びにさえ到ってなかった、おままごとのような付き合いだった可能性もある——でも、それがどうしたと言うのだ？

関係の深さが、大学生時代や社会人時代と比べてより浅いと言うのならば、『破滅』の責任も、より浅いと見るべきだと思うのだけれど。

「きちんと説明させていただきます。あなたの今日子は、クライアントの期待を裏切るような真似は致しません」

「……それは心強い」

僕は頷く。『あなたの今日子』という一人称はスルーした。クールな男に見えているだろうか。上半身裸のままだが（ある意味クールだ）。

「もっとも、あまり後味のいい話にはなりませんけれど……、囲井都市子さんに対して、酷な行為をすることになります。ただ、だからと言って、厄介さんが破滅させられるのを、私がむざむざ見過ごすわけにもいきませんしね」

「酷……ですか」

結果的にはとんでもなく酷いことになったとは言え、昨日の段階では、囲井さんの身辺調査には、まだ、ありもしない呪いから彼女を解放できるのではというような救いがあった——それがひっくり返されるというのは、確かに、気分のいいものではない。

しかし。

「お願いします、今日子さん。後味が悪かろうと、気分が悪くなろうと、依頼人として、僕が僕の責任で受け入れますから、どうか僕にもわかるように、あますところなく説明してください。あなたがおこなった推理を」

「格好いい。惚れ直しちゃいます」

手を合わせ、頬に添えるようにして、そんなことを言う今日子さん――どうもシリアスになりきらない。

ただし、推理は冴《さ》え渡る。

「まず最初に、はっきり言ってしまえば、囲井都市子さんのような考えかたをする人自体は、決して珍しくありません。明らかに自身の枠を越えた影響力を『自覚』している方々のことです……、『私が面白いと思った音楽はヒットしない』とか、『私が好きになったマンガは打ち切られる』とか、『私が応援する芸能人はメジャーになれない』とか、『私が試合を見に行くと、地元のチームが負ける』とか。責任感が過剰な皆さん」

「……ええ。まあ、それは、わかります。て言うか、まあ、誰だって、多かれ少なかれ、そういう傾向はあると思いますが――今仰ったのはネガティヴな例ばかりでしたけれど、『自分がエールを送ったからあの人は有名になったんだ』みたいに、自分の影響力を前向きにとらえる人だっていますよね？」

「もちろんです。ただし、社会の構造上、世の中には成功する人より失敗する人のほうが多いので、割合として、『疫病神』を自称する人のほうが増えてしまう傾向にあるというわけです」

「確かに、『福の神』になるのは難しそうですよね——かなりの目利《めき》きじゃないと、好きになった対象が、みんな成功するってことはないでしょう」

「実はそうでもないんですけどね」

「？」

「いえ、順を追って話させてください——ですので、厄介さんの話を聞いて、私は当然、囲井都市子さんも、そういう考えかたをする方々のひとりなのかと思いました。伺っている限り、生真面目なかたのようですし——『自分と付き合った人は、みんな不幸になる』というヒロイックな思考は、若い女性が持つものとしては、さほど奇をてらったものではありません。ごまんとあるとは言わないものの、ありふれた『妄想』です」

「…………」

なんだか、今日子さんが昨日に比べて、囲井さんに対して辛辣な気もする。まさか、僕に求婚した彼女に、嫉妬しているのだろうか……、そういうモチベーションの働きかたもあるのだとしたら、『昨日の今日子さん』の策略があくど過ぎる。

「あ、あ、ありふれ過ぎていて——逆に不自然なくらい」

「………？」

「まるで、自身をあえてパターン化することで、類型の中に埋もれようとしているかのようです——工夫が感じられない」

「……つまり、囲井さんは、わざと、自意識の強い人間の振りをしている、ということですか？」

いや、まあ、それもそれで、パターンなのだろう——またしてもパターンなのだろう。類型化されたイメージに自分を近付けることで、自己を確立させるというアイデンティティの作りかたもある。

『キャラ作り』という奴だ。

そういうタイプには見えなかったけれど、しかしタイプを語れるほど、僕は囲井さんのことを知っているわけじゃない——会ったばかりだ。

「囲井さんがあんなに怒ったのは、ひょっとして、そんな『キャラ作り』を見抜かれたからというのもあるのでしょうか？」

「それくらいならまだよかったんでしょうけれど、私の推理するところ、問題はもう少し根深いです——根深いし、業も深いです」

「はあ……」

「もちろん、確たる証拠があって言っているわけではありません。今、厄介さんから聞いた話に因縁《いんねん》をつけて、性格の悪い私が、とびっきりひねた解釈をしたというだけのことです——なので、細かい点は、今夜、インタビュー原稿の受け渡しの際に、ご本人に確認してください。まさかその席に、私が同席するわけにはいかないでしょうから」

そりゃそうだ。

でも、僕への求婚のことをさておいても、推理に限っては、今日子さんが話してくれたほうが、通りはいいのでは？　だって、彼女は講演会を聞きに行くほど熱烈な、今日子さんのファンなのだから——

「ファン……、と言うか、ありがたいことに私に興味を持ってくださっているのは間違いないのでしょうが、しかし、囲井都市子さんは、私にご自身の調査を依頼するつもりはなかったのでしょう？　でしたら、私から話して差しあげても、さして結果は変わらないと思いますが」

そう……、『できることなら依頼したかった』は、『できないから依頼しなかった』という意味で、だったらどうして囲井さんは置手紙探偵事務所に依頼しなかったのかと、『昨日の今日子さん』は怪しんでいたのだ。

昨日のモチベーションでは、『怪しむ』ところまでが限界だったが、今日のモチベーションでは、その先の真相に、名探偵の手は届く。

「講演会で遠回しに質問するくらいにとどめて、囲井都市子さんが私に正式な調査を依頼しなかったのは、調べられて、真相が明らかになることを避けたかったから——厄介さんが独断で依頼して、身辺調査をおこなったことを『まだ許せる』と、寛大《かんだい》にも仰ったのは、『昨日の私』が真相を明らかにできなかったから。そう考えてみたらどうなるでしょう」

「考えてみたら……」

無意識に——だろうか。

自意識ではなく——無意識。

自意識と無意識のその確たる違いは、僕にはとても語れそうもないけれど、囲井さんには何らかの、暴かれたくない事情があるのではないかという部分については、なんとか納得できた。

納得せざるを得なかった。

「では、無粋なる名探偵から分を弁《わきま》えずに暴かれたくなかった事情とは何でしょうか？私は、呪いなどと言った間接的な形ではなく、囲井さんはもっと直接的に、六人の男性の『破滅』に関係したのではないかと考えました——しかし、『昨日の私』がおこなった調査によれば、実際に『破滅』した人間は限られています。六人中二人……、うちひとりは、誰の目にも明らかなほど、悪因悪果です。となると、純然たる消去法で、残るひとり、二人目の彼の『破滅』に、囲井さんは直接、関与しているという推理が成り立ちます」

他の四人について言えば、調査結果からしても当然だが、極論、最初の会社の上司にしたって、『自主退職した』イコールで『破滅』だと考えるのは、短絡的だ。案外、すべての女性とのただれた関係が切れて、彼は今頃、落ち着いた気持ちで暮らしているかもしれないじゃないか――あるいは、他の四人同様に、今後再起できる可能性だってある。

だが、二人目の彼だけは、そういう意味でも例外だ――なにせ、死んでいる。

やり直しようがないのだ。

そして、そんな致命的な彼の『破滅』に、もしも囲井さんが噛んでいるとしたら――

飛び降り自殺の原因なのだとしたら。

やや乱暴なロジックではあるけれど、しかし思考実験としてなら、それを咎める理由ははないし、それをおこなう意味はある。

「ここで立ち止まって考えてみると、厄介さん――あなたは囲井さんから話を聞いたときに、ぼんやりとでも違和感がありませんでしたか？　『付き合っていた』相手が、いじめられていたことを知らなかった――囲井さんはそう仰っていたそうですけれど、これって不自然だと思いませんか？」

「…………」

知らなかった自分を責めるようなことを言ってはいたが……、クラスメイトであり、認識としてカップルが成立していた相手が、そんな目に遭っていたことを知らないというのは、まあ、言われてみればおかしな話だ。

知らなかった、というその主張は。

まるで『いじめは把握していなかった』という紋切り型の決まり文句にも似ている――でも、仮に知っていいたとしたら、状況はどう変わるのだ？

「実はいじめを主導していたのは彼女だった――では、ないですよね。今は、いじめが自殺の原因じゃなかったケースを考えているんですから」

「ええ。むしろ私は逆のケースを想定しています。いじめられていた彼を、囲井都市子さんが救おうとしたというケース――そちらのほうが、お聞きする正義感の強い性格にあっているように思えます」

囲井さんが小学生の頃からあんな性格だったかどうかは定かではないけれど、しかしまあ、確かにそちらのほうが考えやすい――いじめっこだったり、あるいは、知りながらも放置していたというケースよりは。

ただ、だとすれば、それを隠す理由のほうがなくなる――いじめられているクラスメイトを助けたのだとすれば、それは立派なおこないであって、探偵に暴かれるのを恐れるような事案ではない。当然のことをしたまでと思っているのなら、自ら誇るようなことでもないだろうけれど……。

「いじめられていた彼を、助けた彼女――それをきっかけに、二人の親交が深まったとしましょう。仲むつまじいクラスメイト……、クラスメイトから冷やかされたり、からかわれたり。そんなことがあったかもしれませんね」

「まあ、四年生なら、十歳になっているかどうかですしね」

いじめられていた男子を、正義感の強い女子が庇ったという構図があれば、『なんだよ、お前、あいつのこと好きなんじゃねーの？』的なはやし立てられかたをしていてもおかしくはない――正義感の強い女子なら、そんな嫌がらせに屈したとは考えにくいが。

袋小路に迷い込んだ気分になりつつある僕を、今日子さんは熱っぽく見て（変な風に見ないで欲しい）、

「ここで、『昨日の私』よりも『今日の私』が有利な点があります――『今日』は『昨日』よりも、推理の材料が、ひとつ多いのです」

と言った。

「？　ひとつ多いって……、別に追加情報は、ないはずですけれど」

「よく考えてください。今日子の厄介さんならわかるはずですよ」

期待が重い。

そして一人称が自分の名前の今日子さんなんて見てられない。

「なんでしたら私は既に一度、その特権を活用していますよ。解き明かしてください、マイフェイバリット厄介さん」

「マイフェイバリット厄介さんって……、あ、そっか。わかりました。電話ですよね——調査結果を受けて、囲井さんと電話で話したときのやりとりが、情報として追加されたんでしょう」

「その通りです。いやあ厄介さん、超越していますねえ」

何をだ。

厳密に言えば、深夜にこのアパートを訪問した今日子さんにだって、そのときの通話内容を話してはいる——つまり、『一度活用している』というのは、『依頼できるものなら依頼したかった』という、囲井さんの発言のことだろう。

なので、一応その『追加情報』には引っかかってはいたものの、あの時点で（僕を嫌悪していた）今日子さんはかなり眠そうだった——そう思うと、僕の胸板に書かれたこの文章は、深夜に書いたラブレターみたいなものなのかもしれない。

そりゃあ恥ずかしい内容になるわけだ。

「でも、通話内容がどうかしたんですか？　『できるものなら今日子さんに依頼したかった』以外で、気になる細部なんて——」

「細部ではなく、本題です。『納得させる形で断らないと、あなたを破滅させる』という宣言――これ、気になりません？」

気になるかと言われたら、気になるどころの話じゃあない。それで六時間、震えながら思い悩んだくらいなのだから。

「プロポーズを断られて、激昂《げきこう》するという反応は、まあ、わからなくはないですよね――お優しい厄介さんの心遣いが伝わらなかったのは、まことに遺憾であるとしか言いようがありませんけれど」

今日子さんこそお優しい。その心遣いこそ遺憾なのだが。

「でも、それにしたって、破滅を迫るというのは、いくらなんでも過剰反応でしょう。大人の女性の振る舞いとは、とても思えません――理知的で、冷静で、公平で、フェアな彼女ならば、理解を示してくれるんじゃないかという厄介さんの考えかたは、それほど的を外したものではなかったはずです」

『昨日の今日子さん』には、『男性特有の妄想』とまで切り捨てられたのだが、まあ、それは伏せておこう。

いや、その点に限っては、不調モードの今日子さんのほうが正しかったんじゃないかと、今にして思う――虫のいいことを考えていた自分をみっともないと、反省することしきりではあるが、だが、絶好調モードでの今日子さんが言うことも、それはそれでもっともなのである。

過剰反応だ。

それ自体は『昨日の今日子さん』も認めていた。

ずかずかとプライバシーに踏み込まれたからと言って、何も破滅させることはない——怒られて当然だが、破滅させられて当然とは思えない。

だとすると、ややヒステリックに過ぎる彼女のそんな反応に、『今日の今日子さん』は、理由をつけられるというのだろうか？

「最初は、プライドが高くて、振られることに慣れてなかったからだと、私は考えました。でもこの女性像は、『付き合う男性がみんな破滅していく』という触れ込みと、イメージが一致しません。失敗ばかりを繰り返して、まともな恋愛は一生できないんじゃないかと悩む彼女の自己評価は、むしろ低そうです——プロポーズを断られても、『やっぱり』と自虐的に思うのではないでしょうか。あるいは、『振られたけれど、これでよかったのかもしれない。好きな人を破滅させずに済んだのだから』なんて、考えそうなものです」

「うーん……」

やや役に入り込み過ぎている嫌いがあるけれど、ある意味そのほうが、らしい反応と言える——『呪われた人生』という『キャラ』にあっている。

しかし、実際の反応は真逆だった。

曲がりなりにもプロポーズをした相手であるはずの僕を、破滅させると言い放った——『キャラ』を守ろうとしているようでいて、行動としては、大いにぶれている。正反対もはなはだしい。

「なので、囲井都市子さんがたかびーだったから、ヒステリーを起こしたという線はいったん措いて、思考実験を続けましょう」

たかびー？　たとえ今日子さんが十七歳の頃でも、死語だったであろう用語なのでは？

「厄介さんに傷つけられたから取り乱したのではなく——つけられていた傷に触れられたから取り乱した、と考えてみたらどうでしょう」

「傷に——振られた？」

「触れられた。振られたことで、触れられたのです——古傷に」

「…………」

「古傷をえぐられたから——激昂したのです」

断定的に今日子さんは言った。

思考実験風に言っているけれど、彼女は既に結論を出しているのだろう。

「厄介さんに対し、そうも攻撃的になったのは、怒り心頭になったあまりというよりも、いわゆる『昔の自分を見ているようで苛々《いらいら》した』というのが、真相なのではないでしょうか――つまり、囲井都市子さんも、かつて告白され、断りかたを間違ったことがある。そう仮定しても、矛盾は生まれませんよね」

「間違った……、囲井さんが、ですか？」

「はい」

だからこそ厄介さんに、同じ失敗を繰り返して欲しくなかった――パターン化して欲しくなかったのではないでしょうか。

そう言って今日子さんは、僕の胸板に、指先を向けた――いや、胸板ではなく、そこに書かれた文章に向けたのだ。

どこを引用しても赤面ものの『愛のメッセージ』だけれど、ここで今日子さんが示したのは、『厄介さんに嫌われたら生きていけない』という一文だった。

生きていけない。

嫌われたら生きていけない――嫌われたら。

「二人目の彼が飛び降り自殺をした理由って、失恋だったんじゃないでしょうか？」

4

ドラスティックなことを言えば『いじめで自殺』というのは、ある意味典型的だ――

殺人事件で第一発見者が疑われるように、就学中の未成年が自殺すれば、遺書があろうとなかろうと、いじめが原因ではないかと疑われることになる。

なるほど、その機械的なテンプレートは、たいていの場合、正解を言い当てはするのだろう——けれど、テンプレートというのなら、他にも候補はある。

失恋なんてのは、中でも類型化された、ありふれた自殺の理由じゃないか——飛び降りたのが子供でなければ、あるいはいじめという問題を抱えていなければ、いの一番に思いついていてもおかしくはない、パターン化された動機じゃないか。

「振られたから……、ですか？　別れ話がこじれた……、というわけではなくって？」

「厄介さん相手に激昂したときの彼女の態度から察するに、そうですね。付き合っていたとは言えない関係性——周りにはやし立てられ、カップル扱いされていたのだとしても、それはそれだけのことだったでしょう」

「…………」

今日子さんはみなまで言わない。

みなまで言わないが、そこまで言われれば、言われるまでもなく、浮かんでくるのは、極めて後味の悪い構図だった。

クラスでいじめられていた男子が、真面目な女子に助けられて、その結果、ふたりしてからかわれて——女子はそんな嫌がらせをものともしなかったけれど、男子は案外まんざらでもなかったりして、助けてもらった恩義と、幼い恋心がごっちゃになって、でも正義感に基づいて行動しただけの女子にはそんなつもりはぜんぜんなくって、そんな男子の思いを、むしろ潔癖に、あるいは手酷《てひど》くはねのけたりして。

ひょっとすると、真面目な女子は、あなたのその気持ちはただの勘違いだと、論理的に、理詰めで否定したかもしれない——僕がしたのと同じように。

それとも、ぜんぜん違う経緯があったのかもしれないけれど——とにもかくにも、そんな玉砕《ぎょくさい》を受けて、男子は、飛び降りた。

校舎の屋上から飛び降りた。

いや、でもそれは、恋破れ、世を儚《はかな》んで死を選んだとか、『嫌われたら生きていけない』『おしまい』とか、そんなヒロイックな感情じゃなくって、もうほとんど——

「あてつけ……ですよね」

「ええ。そんななよなよしたメンタルだからいじめられたんでしょうね」

手厳しいことを言う。したことの意味を思えば、そう言うしかないとは言え。

まあ、いじめは百パーセントいじめっこのほうが悪いけれど、だからと言って、いじめられっこが必ず天使なわけでもない。のび太くんだって、使うアイテム次第では、ろくでもないことをするわけで——いじめを受けたことは、強さや善性の証明ではない。

冤罪をかぶせられてばかりいる僕が、じゃあ善人なのかと言えば、そんなわけがないように。

いじめられっこに純粋無垢であることを強制するのは、『だったら自分みたいな奴はいじめられても仕方ないんだ』という誤った諦念を生みかねない。

「遺書がなかったから、みんな『いじめが原因で自殺した』って思ったけれど、でも、囲井さんにだけは、彼が飛び降りた本当の理由がわかったわけですよね――」

「いっそ、遺書に『振られたから死ぬ』と書いてくれていたほうが、よかったでしょうね。だったら周りの人間が、『関係ないよ、気にすることないって』『あなたは悪くない』、そして『あなたの責任じゃあ、断じてない』と、こんこんと教えてくれたでしょうし――専門家のカウンセリングを受けることだってできたでしょう。でも、遺書がなかったために、そうはならなかった――彼女はひとりで、彼の自殺を抱え込むことになる」

……そこまで狙い通りだったとは、考えたくない。彼女を一人で苦しめるために、孤立させるために、あえて遺書を残さなかった――なんて悪辣で、計算高いことを、さすがに小学生が考えないと思う。優しくされたから好きになっちゃった女の子を、冷たくされたから嫌いになったなんて、そんな愚かなことでもないと考えたい。おそらくはただ、失恋が理由で死ぬなんて、恥ずかしくって書き残せなかっただけだろう――主たる要因でなかったとしても、いじめられていたことも、完全に無関係ではないと思う。家庭の事情なりなんなり、もっと別の理由もあったかもしれない。彼の内心で、どんな絶望が渦巻いていたかなんて、本人にだって本当のところは、たぶんわからなかったに違いない。

だけど、囲井さんは。

自分の責任として、抱え込んだ。

誰にも相談できないままに——抱え込んだ。

小学生の女の子が、人の死を抱き締めた。

「絶望ならぬ、様々な言い訳が、彼女の内心で渦巻いたことでしょうね。責任を感じるからこそ、その責任から逃れたいとも思う。私は彼を助けてなんていない。だって、いじめられてたなんて知らなかった。私は彼を振ってなんていない。だって私は彼が好きだったんだから。私は彼を殺してなんていない。だってみんなが言うように、私は彼と付き合っていたんだから——そんな風に記憶を上書きすることで、自分を守ろうとした」

「記憶を——上書き」

今、今日子さんがしているように。

いや、こんな半笑いのそれではなく、もっと切実で、もっと命がけで——自衛のための上書きだった。

「まったく誉められたものではありませんけれどね。彼女が責任逃れをしたことで、その責任を押しつけられた人達が、少なからずいるのですから」

とことん手厳しい——その通りではあるが。

裁判がまだ継続しているということを思えば、ここで小学四年生の頃の彼女を、『なんて可哀想な女の子なんだろう』だけで済ませるのも、いい加減人間観が浅い。

しかし、だからと言って……。

ここで何を言えば深いのだ？

「じゃあ、囲井さんは今回に限らず、告白するとか、されるとか、別れ話になるとか、そういう局面になるたびに昔の古傷が刺激されて、記憶が刺激されて、あんな風に——」

言いながら、『それは違う』と思う。別れ話がこじれたなんて話は聞いていない——むしろ、結婚を約束したという六人目の彼のときだったか、涙ながらの別れ話をやむかたなく受け入れたというような話だった。

それに、おかしい。

小学生のときのトラウマが、そののちの男性関係をこじらせる原因となった——と説明されれば、一見説得力があるようでいて、しかし一件、矛盾がある。

幼稚園のときの、最初の彼のことだ。

交通事故に遭って『破滅』した彼——事実としてはまったく『破滅』していなかったとしても、その出来事が、二件目の彼と関係性が生じる以前の事件だったことだけは、揺るぎない。

「はい。ここで、先刻のたとえ話に戻ります。世の中は成功よりも失敗のほうが多いから、『好きになった対象が成功する』と思い込む人よりも『好きになった対象が失敗する』と思い込む人のほうが多い——でしたね？」

「は、はい。けれど、実はそうでもないって、今日子さんが言っていました」

「あら。私の発言を覚えていてくださったとは、なんと嬉しいのでしょう。この嬉しさを私は忘れてしまいますけれど、厄介さんは覚えていてくださいね」

いい台詞を、ズルの最中に使わないでください。

それはともかく、目利きでもないのに、その後成功するであろう人や、その後認められるであろう作品だけを好きになるなんてことが、本当にできるのだろうか？

「もちろん。とても簡単なメソッドですよ。既に成功を収めた人や認められている作品を見て、『昔から好きだった』と言えばいいんです」

「……嘘じゃないですか」

「嘘ですよ。それがどうかしましたか？」

現在、大嘘の渦中にいる今日子さんは、本当に『それがどうした』という感じで言うのだった。

いや、身も蓋もないが、しかし、ちまたでよく聞く『ヒットする前から応援していた』の正体は、おおむねそんなところだろう。

単に昔見たことがあるだけなのに『前々から目をかけていた』かのように装って、『いつか来ると思っていた』なんて、目利きの振りをする――小市民的な、小さな嘘だ。

いや、いつの間にか、それは嘘でさえなくなり、記憶は上書きされ、本当に昔から応援していたような気分になって――たとえば、今日子さんの講演会。

会場に集まっていた今日子さんの聞き手に対して、『僕はこんなに有名になる前から、今日子さんのことを知っていた』なんて、得意気に思わなかったわけじゃない。

けれど、じゃあ、初対面のときから、僕が今のように彼女のことを信頼していたのかと言えば、そんなことはちっともなかった――実のところ、初期は結構、胡散臭《うさんくさ》い探偵だと思っていた。

それなのに、古参のファンの振りをして、常連ぶっている僕は、なかなか欺瞞《ぎまん》的である。

「ところで腹心の友。このメソッド、逆ベクトルでも使えますよね？」

赤毛のアンみたいに言わないで。

僕にダイアナの資格はない――逆向き？

「つまり、既に失敗した人や既に認められなかった作品を見て、『ほら、私が好きになったら、みんな駄目になる』と主張することも、しようと思えばできますよね？」

できる——だろうけれど、そりゃまあ。

でも、そんな行為に何の意味がある？　自分が目利きじゃないことをわざわざアピールしても……、どうせ嘘をつくのなら、ヒット作の昔からのファンを装ったほうが、目的には適う気がする。

「『私が好きになった相手は、みんな破滅する』。自分はそんな呪われた運命にあるのだということにすれば、相手の破滅を、運命のせいにできますよね——責任転嫁《てんか》できますよね」

「責任——転嫁」

自分のせいで、と思い込むのではなく。

運命のせいで、と思い込むための——嘘。

「更に言えば、ひとりのクラスメイトの死を、六人の中の一人にした——むっつの『破滅』の中のひとつにした。呪いに基づく、箇条書きの一項目にした」

木を隠すなら森の中。

ミステリーのパターンだ。

いや、だが、待て、だとすると。

それが嘘だと言うのなら——破滅を破滅に紛れさせて、男を男達に紛れさせたというのなら、真実を嘘に紛れさせたと言うのなら。
「じゃあ、今日子さん——囲井さんは、自殺した二人目の彼を除く五人の男性を、『破滅』させていないどころか、付き合ってさえいないって——好きになってさえいないって言うんですか？」

5

「全員とは言いません。しかし、一人目の彼と三人目の彼については、ほぼ百パーセントの確度で、そう断言できると思います」

今日子さんは言い切った。

ここまで推理がキレキレなのが、僕に対する好感に基づいているのだとすれば、もはや心苦しいを通り越して、肉体的に息苦しい——今日子さんに依頼するべきじゃなかったんじゃないかという思いが、改めてわき出てくる。

だが、もう遅い。

最速の探偵は、一度動き出したら止まらないのだから。

「幼稚園児だった頃、自宅の近所に、交通事故に遭って、その後引っ越していった『お兄ちゃん』がいたから、その人と結婚の約束をしていたことにした——高校生だった頃、校内の人気者だったサッカー部の先輩が試合中に怪我をして引退したのを受けて、その人のことが好きだったことにした。悲劇のストライカーを、ちやほやしていたファンクラブ的な女子のグループに、紛れ込んだ」

暴かれていく。プライバシーが。嘘が。そして罪が。

破滅した人間を見初めては、彼らを昔から好きだったのだと思い込む——愛していたのだと、付き合っていたのだと、過去を改変して、書き直す。

「そうやって、ワンオブゼムにする——『一人目』どころか、本来はたった一人の『破滅』者であったクラスメイトを、『二人目の彼』にしたわけです」

事実上、付き合ったとは言えない——ではなく、事実、付き合っていなかったわけだ。

だが、だとしたら、大学以降の三人はどうなる？　なるほど、未成年時代の『回想』ならば、そんな上書きも可能だろうけれど、後半の三人は、最近と言っていい。

「はい。ですから、ここからはメソッドの応用です——あえて、近々『破滅』しそうな人間に、気持ちを寄せるという、確信犯的なやり口です」

確信犯。

新しい意味でも古い意味でも、確信犯。

「大学という空間に馴染めず、以前からNPO活動に興味を持っていて、近いうちに大学を辞めるであろうと推測が立つサークル仲間を好きになる――社内の異性にあっちこっち声をかけている、明らかに問題のある上司と関係を持つ。ベンチャー企業の創設者について言うなら、既にその頃、彼女は報道に携わるジャーナリストですからね。業績がどういう状況にあるか、調べようと思えば調べられたんじゃないでしょうか――相手が、結婚できるような状況にないことくらい」

「……予言の自己成就《じょうじゅ》みたいなものですか」

「近いですね。さしずめ、呪いの自己成就でしょうか――好きになったから『破滅』するのではなく、『破滅』する相手だから好きになる。そうすることで――『二人目の彼』は、森の中にまぎれていくというわけです。さながら、樹木葬《じゅもくそう》のように」

それが囲井都市子さんなりの供養なのかもしれませんね――と今日子さんはまとめたけれど、しかし、そんなことを言っても、それらの行為は、まったく美化されない。

むしろ、おぞましい――誰にとっても、おぞましい。

初めて聞いたとき、六人中六人が『破滅』するなんて精度は、あり得ないと思ったものだけれど、そう、まさしくあり得なかったのだ――『一人目の彼』と『三人目の彼』は後付けだったし、『四人目の彼』と『五人目の彼』と『六人目の彼』は、『破滅』を基準に、選ばれていたのだ。

そして。

僕という『七人目』も、また――『破滅』を基準にされていた。

言うならば『六人目の彼』と同様のケースではあるが、なにせ、囲井さんから直々に取材を受けているのである――冤罪体質。近いうちに、何らかの『破滅』を経験するだろうことは、ほとんどお墨付きだ。

数え切れないほどに濡れ衣を着せられ、数え切れないほど『破滅』しても、そのたび、探偵の助力を得て乗り越えてきた僕だから、自分と結婚しても大丈夫だと、彼女はそんなことを言っていたけれど――しかし、真相は逆だった。

数え切れないほど『破滅』し続ける僕となら、囲井さんは、いつまでだって添《そ》い遂《と》げられると、そう思ったのだ。

あなたとなら、幸せになれると思うんです。

あなたとしか、幸せになれないと思うんです。

……そりゃあ、幸せだ。

好きになった相手が破滅するんじゃない――好きになった相手の破滅を望む、彼女には、僕みたいな奴はうってつけだろう。

心外にも、『この人だったら破滅してもいいや』なんて思われたわけじゃなかったのだ――『この人だったら、必ず破滅する！』と、確信されたのだ。

ならば、僕しかいないと思い込んでも。

そんな風に記憶を——感情を上書きしても、無理もない。

思いあまって、出会ったその日にプロポーズをするような暴挙に至る、他にどのような理由があるというのだ？

「……どこまで、自覚的なんでしょう」

僕は訊いた。

この結論に、どんな感想を持てばいいのか、さっぱりわからないままに。

「囲井さんはどこまで自覚的に、そんな上書きをおこなっているんでしょう……、自分は呪われているとか、好きになった相手が破滅するとか……、誰かを好きになる気持ちや、誰かを好きだった気持ちまで、書き換えて……」

今日子さんはそこまでは言及していないけれど、『破滅』の気配がしない異性を好きになったときには、囲井さんはその好意そのものを『なかったこと』にしていたのだろう——そうしないと、法則に反するから。

一番痛々しいのは、そこかもしれない。

「ほとんど自覚的だと思いますよ」

思っていたのと、逆の答が返ってきた。

「私じゃあないんですから、そんなにぽんぽん、都合よくトラウマを忘れられはしませんよ――でも、忘れた振りはできるでしょうね」

「…………」

「『どんな手を使っても、あなたを破滅させます』という宣言に、それがよく現れていると感じます。身辺調査をされた結果、これまで延々と積み重ねてきた理論を、彼女は崩されてしまった――あえて追跡調査をおこなわないことで、『破滅』したことにしていた人達の健在も聞かされてしまった。無粋な理詰めの前に総崩れで、今や風前の灯火《ともしび》とも言える『呪い』を貫くためにも、手段を選んではいられなくなった――己を維持するために、一度は求婚した厄介さんを、自ら『破滅』させるしかなくなった」

自意識と無意識の違い――そんなものはなかった。

彼女は自覚的に、わかった上で、委細承知の内に――自らの遍歴を書き換えていた。

自覚的に、自傷的に。

どれだけ上書きしようと。上書きを繰り返して、真っ黒に染まろうと。

どうせ、何も忘れられないのに。

「だからこそ、私がおこなったというその講演会に、彼女はいらしてくれていたのかもしれません――依頼したくて、でもできなくて、遠回しな質問にとどまっていた囲井都市子さんが、本当に訊きたかったのは、嫌な記憶の忘れかた、だったりして」

都合の悪いことを、都合よく忘れる方法。

そんな方法があれば、私が教えて欲しいくらいですけれどねえ——と、今日子さんは言った。

僕もまったく同感である。

もしも忘れられるものなら、こうして聞いた、忘却探偵のやり直し推理を、どうにかして忘れさせて欲しかった。

6

だけど今、謎解きから半日以上が経過しても、場所を自室から高級レストランの個室に移しても、やっぱり何も忘れられないままに、一生忘れられそうもないままに、僕は席についていた。

ほとんど手の付けられることのなかった食器類は、既にすべて片付けられていて、結局、最後まで一度も作動させられることのなかったＩＣレコーダーもまた、一台もなくなっている——つまり、囲井さんも、もういない。

お帰りになられた。

どうやら僕は、破滅を免れたらしい。

首の皮一枚繋がった。

どこまで納得してくれたのかはわからないし、結局のところ、今日子さんの推理が、どこまで正鵠《せいこく》を射ていたのかは、まるで定かではない――推理小説に登場する真犯人のように、彼女は自身の言い分をとうとうと語ったりはしなかったし、どころか、罪状認否さえしなかった。

強いて言うなら、黙秘権を行使した。

押し黙って僕の話を聞き終えて、その後、ヒステリックに激昂するというようなこともなかった――彼女の半生をえげつなくも詳《つまび》らかにせんとするどのくだりについても、否定も肯定もしなかった。

いや、一言だけ言っていた。

名探偵の推理を、一点だけ、明確に否定した。

「わたしがあなたにプロポーズしたのは、隠館さんのことを素敵だと思ったからですよ――それだけです。あなたなら、わたしを救ってくれるんじゃないかと思ったんです」

真実性のほどはわからない。

僕にそこまでの魅力があるだなんて、逆立ちしたって思えない――それよりも、あくまで彼女は、僕の破滅を望んでいたと考えたほうが、しっくりくる。

だが、破滅を望まれていたとしても、救済を望まれていたとしても、僕はそのどちらにも、応えることができなかったということになる――僕には何もできなかった。

何の役にも立てなかった。

だからこそ、僕からも、一言だけ。

僕がこの席で、今の今まで縷々《るる》述べていたことの大半は、今日子さんからの受け売りであり、丸投げであり、僕の所見なんてものは一切含まれていなかったのだけれど、唯一、僕からの言葉を一言だけ――テーブル会計の支払いを黙々と終えて、静かに席を立とうとした彼女に、だからこそ、一言だけ、「囲井さん」と、贈った。

「もしもあなたがこのあと自殺したとしても――僕はぜんぜん、びっくりするくらい気にしませんよ」

「最低」

そう言い残して、囲井さんは去っていった。

やれやれ。

また嫌われた。また、好きな人から嫌われた。

好きになってくれた人から嫌われた。

でもまあ、これこそが案外、万人に納得してもらえる、プロポーズの断りかたなのかもしれなかった。

付　記

その後、報道誌『堅実な歩み』の誌面上（インターネット上）で組まれた冤罪特集において、僕のインタビュー記事が公開された。何事もなく。何事もなかったかのように。大きな反響を呼んだり、誰も読んでいなかったりしたようだ——とりあえず、紺藤さんは誉めてくれた。俺の紹介したライターの腕がいいんだなと、そこは友人として、僕の自惚れを窘《たしな》めるようなことも言っていたけれど。

もっとも、友人から窘められるまでもなく、僕にしてはなかなかの社会貢献ができたと自惚れるような時間は、ほとんどなかった。なぜなら、翌週に同誌で公開された署名記事が、僕のインタビューとは比べ物にならないほどの、爆発的なセンセーションを巻き起こしたからだ——それは一種の自白調書だった。『本誌記者』のスキャンダラスな、虚飾に満ちた男性遍歴が、これでもかと言うほどに赤裸々に綴《つづ》られていて、大いに世間の関心を煽《あお》ったようである。

この記事を、極めて破滅的で、まるで遺書のような文面だと解釈した読者も少なからずいたようだけれど、僕の考えかたは違う。僕はそれを、更生のためにしたためられた、人生をやり直すために執筆された、建設的な決意表明なのだと解釈したい。

実際、他人事ではないのだ。

好きになった人が破滅するという彼女の呪縛に、当該記事で自ら暴露しているような裏側があったというのなら、僕の冤罪体質にだって、しかるべき、欺瞞に満ちた裏側があったとしても、なんら不思議はないのだから。

だから、僕がこれまで生きてきた中で、一番多く言われてきた言葉を、気鋭のジャーナリストにも贈ろうと思う。

今回はご縁がありませんでしたが、貴方《きほう》の今後の活躍をお祈りします。

心から。

……ところで、インタビューの報酬が振り込まれた翌日、まずは僕はホームセンターに食器類を買いに向かった。いついかなるときに、どんな来客があるかわからないのだから、健全なる部屋作りを、時間のあるうちに推進しようと思ったのだ——さすがに布団まで買うのはやり過ぎだったかもしれないが、まあ、備えあれば憂いなしである。

そんなわけで帰宅後、隠館邸の模様替えをおこなっていると、整理中に、とあるファイルを発見した。いや、取り立てて驚くようなものではなく、僕の持ち物なのだけれど、それは、今日子さんと仕事をするたび、つまり『初めまして』のたびにいただく、置手紙探偵事務所の名刺を時系列順に並べてファイリングしてある書類挟みだった。はて、こんなところに置いたっけか……。

首を傾げながら、なんとなく、ぱらぱらとページをめくってみると、今度はとり立てて驚くようなものがあった——あるはずのないものが、そこにあった。使用されている最後のページに、見覚えのない名刺が刺さっていたのだ。

今日子さんがこの部屋を訪れたとき、僕は名刺をもらっていない——夜の時点では『ぎりぎり今日』だったし、未明の時点では、彼女にとって僕は、『既知の人物』だったのだから——右腕の情報に基づく限り。

なのに、ファイルは更新されていた。

しかも、見覚えのない最新の名刺には、こんな言葉が書かれている——今日子さんの筆跡で。

『恋人ごっこ、楽しかったですよ☆』

…………。

考えてみれば、そりゃそうか。

自身の身体に、あるいは自身の筆跡で、どんな備忘録が残されていようと、それで記憶が書き換わるわけではないし、記憶の空白が埋まるわけでもない——あくまでも、情報のひとつに過ぎない。まして情報源は昨日の自分、すなわち記憶喪失の人間である。その証言を、名探偵なら鵜呑みにはしないだろう……。

自分を騙すことはできない。

今日子さんとて、それは変わらない。

都合の悪いことを、都合よく忘れられる方法があるなら私が教えて欲しいという、今日子さんの言葉は、決して皮肉でも、風刺《ふうし》でもなかったのだ——備忘録が本当であれ嘘であれ、一日で記憶がリセットされるという宿命から、彼女は逃れられない。

だからこそ、『何が書かれているか』ではなく、『書かれた意図』を考慮して、『今日の今日子さん』は、『昨日の今日子さん』の書いた脚本に、乗っかったのだ。

文面に従って、『キャラ作り』をした。

プロだから感情に左右されない——のではなく、プロだから、今日子さんは感情を左右したのだった。

絶好調モードだったと言うよりは、絶好調モードを演じていた——非の打ちどころのない名演だったと言えよう。それを見抜けず、あたふた浮き足立ち、ただただ浮かれていた僕もまた、何らかの賞をもらってもいいくらい大したピエロだし、ファイルが勝手に移動していることから考えると、この、見様によっては変質的なコレクションをどこかのタイミングでご本人に見られてしまったことも、のたうち回りたくなるくらいに明らかで、いったいそのとき、どんなスケールの嫌われかたをしてしまったのか、考えるだけで恐ろしい。ボディガード氏が回復してくれた僕の名誉は、再び地に落ちたと言えよう。

名刺に書かれている文章は明るいけれど、これこそ、文面をそのまま鵜呑みにするわけにはいかない——今からでも電話をかけて、しかるべき釈明をするべきかと思ったが、今となっては手遅れだ。今日子さんはもう、そのとき抱いた『感想』を、感じた『気分』を、さっぱり忘れてしまっている。

下手なことを言えば、改めて変質者だと思われ、改めて嫌悪されるだけという、考え得る最悪の結果を招きかねない。

それをわかった上でも電話をかけるべきかと、往生際悪く、僕は携帯電話を壊れるんじゃないかと言うくらい握り締めたが、しかし、最終的には肩を落として、嘆息と共に諦めた——なぜならこの時間は、今日子さんは一人娘を迎えに、保育園に行っているかもしれなかったからである。

どんな風に思われようと、どんな風に嫌われようと、またもや見え透いた、自分さえも騙せない嘘を聞くのだけは、勘弁だった。

大切な一人娘と、愛してくれる夫。

あんな悲しい嘘は、もうつかせない。

本書は二〇一六年五月、小社より単行本として刊行されました。

|著者|西尾維新　1981年生まれ。2002年に『クビキリサイクル』で第23回メフィスト賞を受賞し、デビュー。同作に始まる「戯言シリーズ」、初のアニメ化作品となった『化物語』に始まる〈物語〉シリーズ、「美少年シリーズ」など、著書多数。

掟上今日子《おきてがみきょうこ》の婚姻届《こんいんとどけ》
西尾維新《にしおいしん》

講談社文庫
定価はカバーに
表示してあります

2021年4月15日第1刷発行

発行者――鈴木章一
発行所――株式会社　講談社
東京都文京区音羽2-12-21　〒112-8001
電話　出版（03）5395-3510
　　　販売（03）5395-5817
　　　業務（03）5395-3615
Printed in Japan

デザイン―菊地信義
本文データ制作―講談社デジタル製作
印刷―――中央精版印刷株式会社
製本―――中央精版印刷株式会社

ISBN978-4-06-523073-2

講談社文庫刊行の辞

二十一世紀の到来を目睫に望みながら、われわれはいま、人類史上かつて例を見ない巨大な転換期をむかえようとしている。

世界も、日本も、激動の予兆に対する期待とおののきを内に蔵して、未知の時代に歩み入ろうとしている。このときにあたり、創業の人野間清治の「ナショナル・エデュケイター」への志を現代に甦らせようと意図して、われわれはここに古今の文芸作品はいうまでもなく、ひろく人文・社会・自然の諸科学から東西の名著を網羅する、新しい綜合文庫の発刊を決意した。

激動の転換期はまた断絶の時代である。われわれは戦後二十五年間の出版文化のありかたへの深い反省をこめて、この断絶の時代にあえて人間的な持続を求めようとする。いたずらに浮薄な商業主義のあだ花を追い求めることなく、長期にわたって良書に生命をあたえようとつとめるところにしか、今後の出版文化の真の繁栄はあり得ないと信じるからである。

同時にわれわれはこの綜合文庫の刊行を通じて、人文・社会・自然の諸科学が、結局人間の学にほかならないことを立証しようと願っている。かつて知識とは、「汝自身を知る」ことにつきていた。現代社会の瑣末な情報の氾濫のなかから、力強い知識の源泉を掘り起し、技術文明のただなかに、生きた人間の姿を復活させること。それこそわれわれの切なる希求である。

われわれは権威に盲従せず、俗流に媚びることなく、渾然一体となって日本の「草の根」をかたちづくる若く新しい世代の人々に、心をこめてこの新しい綜合文庫をおくり届けたい。それは知識の泉であるとともに感受性のふるさとであり、もっとも有機的に組織され、社会に開かれた万人のための大学をめざしている。大方の支援と協力を衷心より切望してやまない。

一九七一年七月

野間省一

講談社文庫 最新刊

今野　敏　カットバック　警視庁FCII
映画の撮影現場で起きた本物の殺人事件。夢と現実の間《はざま》に消えた犯人。特命警察小説！

大沢在昌　覆　面　作　家
著者を彷彿とさせる作家、「私」の周りはミステリーにあふれている。珠玉の8編作品集。

西尾維新　掟上今日子の婚姻届
隠館厄介《かくしだてやくすけ》からの次なる依頼は、恋にまつわる「呪い」の解明？　人気ミステリー第6弾！

楡　周平　バ　ル　ス
宅配便や非正規労働者など過剰依存のリスクを描く経済小説の雄によるクライシスノベル。

安藤祐介　本のエンドロール
読めば、きっともっと本が好きになる。奥付に名前の載らない「本を造る人たち」の物語。

佐藤雅美　敵《かたき》討ちか主殺しか〈物書同心居眠り紋蔵〉
紋蔵の養子・文吉の身の処し方が周囲の者を翻弄する。シリーズ屈指の合縁奇縁を描く。

創刊50周年新装版

林　真理子　さくら、さくら〈おとなが恋して〈新装版〉〉
理性で諦められるのなら、それは恋じゃない。大人の女性に贈る甘酸っぱい12の恋物語。

新井素子　グリーン・レクイエム〈新装版〉
腰まで届く明日香の髪に秘められた力と、彼女の正体とは？　SFファンタジーの名作！

首藤瓜於　脳　男　新装版
恐るべき記憶力と知能、肉体を持ちながら感情を持たない、哀しき殺戮のダークヒーロー。

講談社文庫 最新刊

石川智健
いたずらにモテる刑事の捜査報告書
絶世のイケメン刑事とフォロー役の先輩が、今日も女性のおかげで殺人事件を解決する!

北森　鴻
螢　坂
〈香菜里屋シリーズ3〈新装版〉〉
偶然訪れた店で、男は十六年前に別れた恋人の名を耳にし——。心に染みるミステリー!

瀬戸内寂聴
花のいのち
100歳を前になお現役の作家である著者が、花に言よせて幸福の知恵を伝えるエッセイ集。

千野隆司
銘酒の真贋
〈下り酒一番(五)〉
分家を立て直すよう命じられた卯吉は!? 酒×大江戸の大人気シリーズ!〈文庫書下ろし〉

呉　勝浩
バッドビート
頂点まで昇りつめてこそ人生! 最も注目される著者による、ノンストップミステリー!

日本推理作家協会 編
ベスト8ミステリーズ2017
降田天「偽りの春」のほか、ミステリーのプロが厳選した、短編推理小説の最高峰8編!

岡崎大五
食べるぞ! 世界の地元メシ
ネットじゃ辿り着けない絶品料理を探せ。世界を駆けるタビメシ達人のグルメエッセイ。

トーベ・ヤンソン
リトルミイ　100冊読書ノート
大人気リトルミイの文庫サイズの読書ノートです。100冊記録して、思い出を「宝もの」に!

講談社文芸文庫

平出 隆
葉書でドナルド・エヴァンズに
「死後の友人」を自任する日本の詩人は、夭折の切手画家に宛てて二年一ヵ月にわたり葉書を書き続けた。断片化された言葉を辿り試みる、想像の世界への旅。

解説＝三松幸雄　年譜＝著者

ひK1
978-4-06-522001-6

古井由吉
詩への小路　ドゥイノの悲歌
リルケ「ドゥイノの悲歌」全訳をはじめドイツ、フランスの詩人からギリシャ悲劇まで、詩をめぐる自在な随想と翻訳。徹底した思索とエッセイズムが結晶した名篇。

解説＝平出 隆　年譜＝著者

ふA11
978-4-06-518501-8

講談社文庫 目録

講談社文庫　目録

花村萬月　續信長私記
畑村洋太郎　失敗学のすすめ
畑村洋太郎　失敗学実践講義〈文庫増補版〉
はやみねかおる　そして五人がいなくなる〈名探偵夢水清志郎事件ノート〉
はやみねかおる　都会《まち》のトム&ソーヤ(1)
はやみねかおる　都会《まち》のトム&ソーヤ(2)〈乱！　RUN！　ラン！〉
はやみねかおる　都会《まち》のトム&ソーヤ(3)〈いつになったら作戦《ミッション》終了？〉
はやみねかおる　都会《まち》のトム&ソーヤ(4)〈四重奏《カルテット》〉
はやみねかおる　都会《まち》のトム&ソーヤ(5)〈I《イ》N《ン》塀戸《VADE》〉(上)(下)
はやみねかおる　都会《まち》のトム&ソーヤ(6)〈ぼくの家へおいで〉
はやみねかおる　都会《まち》のトム&ソーヤ(7)《怪人は夢に舞う〈理論編〉》
はやみねかおる　都会《まち》のトム&ソーヤ(8)《怪人は夢に舞う〈実践編〉》
はやみねかおる　都会《まち》のトム&ソーヤ(9)〈前夜祭《EVE》　内人《ないと》side〉
はやみねかおる　都会《まち》のトム&ソーヤ(10)〈前夜祭《EVE》　創也《そうや》side〉
服部真澄　クラウド・ナイン
原　武史　滝山コミューン一九七四
濱　嘉之　警視庁情報官
濱　嘉之　警視庁情報官〈シークレット・オフィサー〉
濱　嘉之　警視庁情報官　ハニートラップ
濱　嘉之　警視庁情報官　トリックスター
濱　嘉之　警視庁情報官　ブラックドナー
濱　嘉之　警視庁情報官　サイバージハード
濱　嘉之　警視庁情報官　ゴーストマネー
濱　嘉之　警視庁情報官　ノースブリザード
濱　嘉之　オメガ　対中工作
濱　嘉之　ヒトイチ　警視庁人事一課監察係
濱　嘉之　ヒトイチ　画像解析〈警視庁人事一課監察係〉
濱　嘉之　ヒトイチ　内部告発〈警視庁人事一課監察係〉
濱　嘉之　カルマ真仙教事件(上)(中)(下)
濱　嘉之　新装版　院内刑《デ》事《カ》
濱　嘉之　新装版　院内刑事〈ブラック・メディスン〉
濱　嘉之　院内刑事〈フェイク・レセプト〉
濱　嘉之　院内刑事　ザ・パンデミック
馳　星周　ラフ・アンド・タフ
畠中　恵　アイスクリン強し
畠中　恵　若様組まいる
畠中　恵　若様とロマン
葉室　麟　風渡る
葉室　麟　風の軍師〈黒田官兵衛〉
葉室　麟　星火瞬く
葉室　麟　陽《かげ》炎《ろう》の門
葉室　麟　紫匂う
葉室　麟　山月庵茶会記
葉室　麟　津軽双花
長谷川　卓　獄《がく》〈上・白銀《しろがね》渡り〉〈下・湖底の黄金〉神《じん》
長谷川　卓　獄《がく》神《じん》伝《でん》　無《む》坂《さか》(上)(下)
長谷川　卓　獄《がく》神《じん》伝《でん》　孤《こ》猿《えん》(上)(下)
長谷川　卓　獄《がく》神《じん》伝《でん》　鬼《き》哭《こく》(上)(下)
長谷川　卓　獄神列伝　逆渡《さかわた》り
長谷川　卓　獄《がく》神《じん》伝《でん》　血路
長谷川　卓　獄《がく》神《じん》伝《でん》　死地
長谷川　卓　獄神伝　風花(上)(下)
原田マハ　夏を喪くす
原田マハ　風のマジム
原田マハ　あなたは、誰かの大切な人
羽田圭介　コンテクスト・オブ・ザ・デッド
花房観音　恋塚
畑野智美　海の見える街

東野圭吾　天空の蜂
東野圭吾　どちらかが彼女を殺した
東野圭吾　名探偵の掟
東野圭吾　悪意
東野圭吾　私が彼を殺した
東野圭吾　嘘をもうひとつだけ
東野圭吾　時生
東野圭吾　赤い指
東野圭吾　流星の絆
東野圭吾　新装版 浪花少年探偵団
東野圭吾　新装版 しのぶセンセにサヨナラ
東野圭吾　新参者
東野圭吾　麒麟の翼
東野圭吾　パラドックス13
東野圭吾　祈りの幕が下りる時
東野圭吾　危険なビーナス
東野圭吾作家生活25周年祭り実行委員会　東野圭吾公式ガイド〈読者1万人が選んだ東野作品人気ランキング発表〉
東野圭吾作家生活35周年実行委員会 編　東野圭吾公式ガイド〈作家生活35周年ver.〉
平野啓一郎　高瀬川

平野啓一郎　ドーン
平野啓一郎　空白を満たしなさい(上)(下)
百田尚樹　永遠の0《ゼロ》
百田尚樹　輝く夜
百田尚樹　風の中のマリア
百田尚樹　影法師
百田尚樹　ボックス!(上)(下)
百田尚樹　海賊とよばれた男(上)(下)
平田オリザ　十六歳のオリザの冒険をしるす本
平田オリザ　幕が上がる
東　直子　さようなら窓
蛭田亜紗子　凜
樋口卓治　ボクの妻と結婚してください。
樋口卓治　続・ボクの妻と結婚してください。
樋口卓治　もう一度、お父さんと呼んでくれ。
樋口卓治　「ファミリーラブストーリー」
樋口卓治　喋る男
平山夢明　魂《たま》豆《どう》腐《ふ》〈大江戸怪談どたんばたん(土壇場譚)〉
東川篤哉　純喫茶「一服堂」の四季

東山彰良　流《りゅう》
東山彰良　女の子のことばかり考えていたら、1年が経っていた。
樋口直哉　偏差値68の目玉焼き〈星ヶ丘高校料理部〉
平田研也　小さな恋のうた
日野　草　ウェディング・マン
藤沢周平　新装版 春秋の檻〈獄医立花登手控え(一)〉
藤沢周平　新装版 風雪の檻〈獄医立花登手控え(二)〉
藤沢周平　新装版 愛憎の檻〈獄医立花登手控え(三)〉
藤沢周平　新装版 人間の檻〈獄医立花登手控え(四)〉
藤沢周平　新装版 闇の歯車
藤沢周平　新装版 市塵(上)(下)
藤沢周平　新装版 決闘の辻
藤沢周平　新装版 雪明かり
藤沢周平　義民が駆ける〈レジェンド歴史時代小説〉
藤沢周平　喜多川歌麿女絵草紙
藤沢周平　闇の梯子
藤沢周平　長門守の陰謀
船戸与一　新装版 カルナヴァル戦記
藤田宜永　樹下の想い

本格ミステリ作家クラブ選・編 本格王2019
本格ミステリ作家クラブ選・編 本格王2020
星野智幸 夜は終わらない(上)(下)
本多孝好 君の隣に
本多孝好 チェーン・ポイズン〈新装版〉
穂村 弘 整形前夜
穂村 弘 ぼくの短歌ノート
穂村 弘 野良猫を尊敬した日
堀川アサコ 幻想郵便局
堀川アサコ 幻想映画館
堀川アサコ 幻想日記店
堀川アサコ 幻想探偵社
堀川アサコ 幻想温泉郷
堀川アサコ 幻想短編集
堀川アサコ 幻想寝台車
堀川アサコ 幻想蒸気船
堀川アサコ 大奥の座敷童子
堀川アサコ おちゃっぴい〈大江戸八百八〉
堀川アサコ 月下におくる(上)(下)〈沖田総司青春録〉

堀川アサコ 芳《ほう》一《いち》
堀川アサコ 月夜彦
堀川アサコ 魔法使ひ
本城雅人 境界〈横浜中華街・潜伏捜査〉
本城雅人 スカウト・デイズ
本城雅人 スカウト・バトル
本城雅人 嗤うエース
本城雅人 贅沢のススメ
本城雅人 誉れ高き勇敢なブルーよ
本城雅人 シューメーカーの足音
本城雅人 ミッドナイト・ジャーナル
本城雅人 紙の城
本城雅人 監督の問題
本城雅人 去り際のアーチ〈もう一打席!〉
本城雅人 時代
堀川惠子 裁かれた命〈死刑囚から届いた手紙〉
堀川惠子 死刑の基準〈「永山裁判」が遺したもの〉
堀川惠子 永山則夫〈封印された鑑定記録〉
堀川惠子 教誨師

堀川惠子 戦禍に生きた演劇人たち〈演出家・八田元夫と「桜隊」の悲劇〉
堀川惠子・小笠原信之 チンチン電車と女学生〈1945年8月6日・ヒロシマ〉
誉田哲也 Qros《キュロス》の女
松本清張 草の陰刻
松本清張 黄色い風土
松本清張 黒い樹海
松本清張 連環
松本清張 花氷
松本清張 ガラスの城
松本清張 殺人行おくのほそ道(上)(下)
松本清張 塗られた本
松本清張 熱い絹(上)(下)
松本清張 邪馬台国 清張通史①
松本清張 空白の世紀 清張通史②
松本清張 カミと青銅の迷路 清張通史③
松本清張 天皇と豪族 清張通史④
松本清張 壬申の乱 清張通史⑤
松本清張 古代の終焉 清張通史⑥
松本清張 新装版 増上寺刃傷

宮城谷昌光　湖底の城〈呉越春秋〉六
宮城谷昌光　湖底の城〈呉越春秋〉七
宮城谷昌光　湖底の城〈呉越春秋〉八
宮城谷昌光　湖底の城〈呉越春秋〉九
水木しげる　コミック昭和史1〈関東大震災～満州事変〉
水木しげる　コミック昭和史2〈満州事変～日中全面戦争〉
水木しげる　コミック昭和史3〈日中全面戦争～太平洋戦争開始〉
水木しげる　コミック昭和史4〈太平洋戦争前半〉
水木しげる　コミック昭和史5〈太平洋戦争後半〉
水木しげる　コミック昭和史6〈終戦から朝鮮戦争〉
水木しげる　コミック昭和史7〈講和から復興〉
水木しげる　コミック昭和史8〈高度成長以降〉
水木しげる　総員玉砕せよ！
水木しげる　敗走記
水木しげる　白い旗
水木しげる　姑《クー》娘《ニャン》
水木しげる　決定版　日本妖怪大全〈妖怪・あの世・神様〉
水木しげる　ほんまにオレはアホやろか
宮部みゆき　新装版　震える岩〈霊験お初捕物控〉

宮部みゆき　新装版　天狗風〈霊験お初捕物控〉
宮部みゆき　ＩＣＯ《イコ》―霧の城―(上)(下)
宮部みゆき　ぼんくら(上)(下)
宮部みゆき　新装版　日暮らし(上)(下)
宮部みゆき　おまえさん(上)(下)
宮部みゆき　小暮写眞館(上)(下)
宮部みゆき　ステップファザー・ステップ〈新装版〉
宮子あずさ　看護婦が見つめた人間が死ぬということ
宮子あずさ　看護婦が見つめた人間が病むということ
宮子あずさ　ナースコール
宮本昌孝　家康、死す(上)(下)
三津田信三　忌《い》館《かん》〈ホラー作家の棲む家〉
三津田信三　作者不詳〈ミステリ作家の読む本〉(上)(下)
三津田信三　蛇《じゃ》棺《かん》葬《そう》
三津田信三　百《ひゃく》蛇《じゃ》堂《どう》〈怪談作家の語る話〉
三津田信三　厭魅《まじもの》の如き憑くもの
三津田信三　凶鳥《まがとり》の如き忌むもの
三津田信三　首無《くびなし》の如き祟るもの
三津田信三　山魔《やまんま》の如き嗤《わら》うもの

三津田信三　水魑《みづち》の如き沈むもの
三津田信三　密室《ひめむろ》の如き籠《こも》るもの
三津田信三　生霊《いきだま》の如き重《だぶ》るもの
三津田信三　幽女《ゆうじょ》の如き怨むもの
三津田信三　シェルター　終末の殺人
三津田信三　ついてくるもの
三津田信三　誰かの家
三津田信三　忌《い》物《ぶつ》堂《どう》鬼《き》談《だん》
道尾秀介　カラスの親指〈by rule of CROW's thumb〉
道尾秀介　水の柩
深《み》木《き》章《あき》子《こ》　鬼畜の家
湊かなえ　リバース
宮内悠介　彼女がエスパーだったころ
宮乃崎《みやのさき》桜子《さくらこ》　綺《き》羅《ら》の皇女《ひめみこ》(1)
宮乃崎桜子　綺羅の皇女(2)
三國青葉　損料屋見鬼《けんき》控え 1
宮西真冬　誰かが見ている
村上　龍　愛と幻想のファシズム(上)(下)
村上　龍　村上龍料理小説集

村上　龍　村上龍映画小説集
村上　龍　新装版限りなく透明に近いブルー
村上　龍　新装版コインロッカー・ベイビーズ
村上　龍　歌うクジラ(上)(下)
向田邦子　新装版　眠る盃
向田邦子　新装版　夜中の薔薇
村上春樹　風の歌を聴け
村上春樹　1973年のピンボール
村上春樹　羊をめぐる冒険(上)(下)
村上春樹　カンガルー日和
村上春樹　回転木馬のデッド・ヒート
村上春樹　ノルウェイの森(上)(下)
村上春樹　ダンス・ダンス・ダンス(上)(下)
村上春樹　遠い太鼓
村上春樹　国境の南、太陽の西
村上春樹　やがて哀しき外国語
村上春樹　アンダーグラウンド
村上春樹　スプートニクの恋人
村上春樹　アフターダーク

村上春樹 佐々木マキ絵　羊男のクリスマス
村上春樹 佐々木マキ絵　ふしぎな図書館
村上春樹 糸井重里　夢で会いましょう
村上春樹・文 安西水丸・絵　ふわふわ
U・K・ル=グウィン 村上春樹訳　空飛び猫
U・K・ル=グウィン 村上春樹訳　帰ってきた空飛び猫
U・K・ル=グウィン 村上春樹訳　素晴らしいアレキサンダーと、空飛び猫たち
U・K・ル=グウィン 村上春樹訳　空を駆けるジェーン
T・ファリッシュ著 B・ルート絵 村上春樹訳　ポテト・スープが大好きな猫
群ようこ　いいわけ劇場
村山由佳　天翔る
睦月影郎　密通妻
睦月影郎　快楽のリベンジ
睦月影郎　快楽ハラスメント
睦月影郎　快楽アクアリウム
向井万起男　渡る世間は「数字」だらけ
村田沙耶香　授乳
村田沙耶香　マウス
村田沙耶香　星が吸う水

村田沙耶香　殺人出産
村瀬秀信　気がつけばチェーン店ばかりでメシを食べている
村瀬秀信　それでも気がつけばチェーン店ばかりでメシを食べている
室積　光　ツボ押しの達人
室積　光　ツボ押しの達人 下山編
森村誠一　悪道
森村誠一　悪道　西国謀反
森村誠一　悪道　御三家の刺客
森村誠一　悪道　五右衛門の復讐
森村誠一　悪道　最後の密命
森村誠一　ねこの証明
毛利恒之　月光の夏
森　博嗣　すべてがFになる〈THE PERFECT INSIDER〉
森　博嗣　冷たい密室と博士たち〈DOCTORS IN ISOLATED ROOM〉
森　博嗣　笑わない数学者〈MATHEMATICAL GOODBYE〉
森　博嗣　詩的私的ジャック〈JACK THE POETICAL PRIVATE〉
森　博嗣　封印再度〈WHO INSIDE〉
森　博嗣　幻惑の死と使途〈ILLUSION ACTS LIKE MAGIC〉
森　博嗣　夏のレプリカ〈REPLACEABLE SUMMER〉

2021年3月12日現在